メイド イン 十四歳

装画／川原瑞丸　　装丁／岡本歌織（next door design）

サニーとパンダとステルスくんに捧ぐ

メイド イン 14歳 もくじ

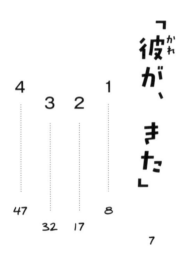

「彼《かれ》が、きた」

1

ぼくは、自他ともに認めるナチュラルボーン優等生だ。

よって、藍堂《らんどう》くんって本当にいい子だよね、とおとなたちから賞賛の声を浴びることに、なんの抵抗《ていこう》も感じていない。

中学二年生にもなると、案外、優等生あつかいをいやがる優等生って出てきちゃうもので、ぼくと同じくらい先生方の評判がよかった雲野充留《うんのみつる》くんなんか、いまやりっぱなチャラ男だ。同じクラスに在籍《ざいせき》していながら、とうぜんのようにぼくたちの交流は断絶している。

ぼくが中学受験を決意した最大の理由は、女子のいない学校にいきたかったからだ。女子のいる空間からは、そろそろ遠慮《えんりょ》したかった。都合のいいときだけたよりにされて面倒《めんどう》なことを押《お》しつけられるのも、女子から話しかけられてうれしいでしょ、とばかりになれなれしくされるのにも、ほとほとうんざりしていたのだ。

女子全般《ぜんぱん》がきらいなわけではない。世紀末の荒野《こうや》をひとりで生きぬくすがたが想像できる孤高《ここう》の似合う女子なら、いつだってウェルカムだ。残念なことに、そんな女子には出会ったことがないだけで。

ともあれ、ぼくの通える範囲《はんい》にある学校で、共学ではない中学校は、中高一貫《いっかん》の経世《けいせい》中学しかなかった。

六年生になるまで塾《じゅく》に通ったこともなかったぼくは、そこからいきなり受験モードに突入《とつにゅう》したわけだけど、もともとゲームはきらいなうえに、漫画《まんが》にもアニメにもほぼ興味なし、スマホへの乗りかえは高校生になってからで充分《じゅうぶん》、なんなら大学生になってからでも、というナチュラルボーン優等生にとって、勉強漬《づ》けの毎日は苦でもなんでもなかった。

それどころか、出された課題をこなせばこなすほど、ぐんぐんあがっていく偏差値《へんさち》の数値をグラフ化するのが楽しくてしかたがなく、寝《ね》る間も惜《お》しんで机に向かっているぼくを心配した両親から、勉強時間の制限を設けられてしまったくらいだ。

そんな非協力的な両親のもとでも、ぼくは着々と全国模試での順位をあげていき、塾の講師陣《こうしじん》からさんざん受験をすすめられた県内一の進学校を、共学にはいく気がないので、という理由で丁重《ていちょう》にお断りし、経世中学一本にしぼって受験を終えた。

そうしてぼくはいま、県内で二番目の東大進学率を誇《ほこ》る経世高校の付属中学に通っているわけなのだけど、どうしたことかぼくの両親は、あまりそれを自慢《じまん》に思っているようすがない。せいぜいぼくにしみじみと、『藍堂のいきたい学校にいけてよかったね』というくらいだ。

母親なんかはとくに、その傾向《けいこう》が顕著《けんちょ》だった。近所の人たちから、おおげさなくらい難関校合格を持ちあげられても、『そのうち、取りちがえだったんですって本当の両親が名乗り出てくるんじゃないかって心配で』なんてことを真顔でいっていたりするくらいなのだから。

まったく……。

ぼくの顔が、どれだけ母親似かわかっていないのだろうか。父親の顔しか知らない人からは、お父さんにそっくりだ、といわれることだってあるというのに。まちがいなく、ぼくは彼《かれ》らの実子だ。鏡の中の、純朴《じゅんぼく》そうな顔つきをしたぼくがそれを証明している。

化粧《けしょう》をしていないと、いまだに中学生の男の子にまちがわれることもあるという母親とうりふたつの顔を、ことさら好きだと思ったこともないし、きらいだと感じたこともない。そんなことは考えたこともない、というのが、本当のところだ。

そんなぼくを父親は、『藍堂は、おっとり屋さんだなあ』なんていう。父親いわく、彼《かれ》が中学二年生だったころは、前髪《まえがみ》の切りすぎで学校を休んだことがあるくらい、自分の見た目が気になってしょうがなかったそうだ。

いまや、ぽこんと丸いおなかを気にするでもなく、夜中、インスタントラーメンにいそいそとたまごを加えているすがたからは、まるで想像がつかない。

それはぼくがおっとり屋だからなのか、それとも、まったく関係がなくてそうなのかは、よくわからない。

さておき、自分の見た目にはなんのこだわりもない、経世中学に通う中学二年生、というのがぼくである。これ以上の特記事項《じこう》はない。

そんなぼく、吉留《よしとめ》藍堂の在籍《ざいせき》する二年一組が、季節はずれの転入生を迎《むか》えることになった。なんでも、アメリカからの帰国子女らしい。

うわさの帰国子女の初登校日を、約一週間後にひかえた六月のある日、ナチュラルボーン優等生のぼくは、担任教諭《きょうゆ》の藤巻《ふじまき》先生から生徒指導室への呼び出しを受けた。

「おお、昼休みに悪いな、吉留」

黒縁《くろぶち》メガネのふちを指先で押《お》しあげながら、藤巻先生は横長のテーブルをはさんだ向かい の席をぼくにすすめた。

大卒二年目、二十五歳《さい》になったばかりの藤巻先生——もちろん独身——は、よくも悪くも学生っぽい人だ。ぼくたち生徒のウケを、やたらと気にしてしまっている。先生なんだから、どんと構えていればいいのに、というときにも、それとなく生徒の顔色をうかがっているようなところがあるのだ。

ぼくたちは案外そういう態度に敏感《びんかん》なので、経世中学で唯一《ゆいいつ》の若い先生にもかかわらず、藤巻先生の人気は、まあまあ、というところだった。

ダントツで人気のある先生といったら、まちがいなくゴマちゃん先生だろう。一年生のときに、ぼくのクラスの担任だった先生だ。

ゴマフアザラシの大ファンで、持ちものすべてにゴマフアザラシのグッズをしのばせているという、悪くいえばおたくっぽい人なのだけど、とにかく裏表がない。だれの話でもふんふんと興味津々《きょうみしんしん》に聞いて、だれにでも自分が思ったままのことを話して、やるといったことはかならず実行する。そんな当たり前のことをしているだけなのだけど、そんな当たり前のことをしてくれない先生も多いので、ゴマちゃん先生の存在はきわだっている。

こまったことがあったら、とりあえずゴマちゃん先生をたよれ、というのが、経世中学の生徒たちの共通認識《にんしき》といってもは過言ではないほどだった。

ちょっと小太りで、坊主頭《ぼうずあたま》なところもややゴマフアザラシっぽいゴマちゃん先生は、今年で三十八歳《さい》になるらしい。それでも藤巻先生にとっては、もっとも歳《とし》の近い同僚《どうりょう》だ。なにかとアドバイスを求めたりもしているようなのだけど、あまり参考にはしていないようだった。こうもひんぱんにぼくがたよられているのが、その証拠《しょうこ》だ。

藤巻先生の目から見ても、うちのクラスでいちばんの優等生といえば吉留藍堂なわけで、しかも、そこそこクラスのみんなともうまくやれている、使い勝手のいい生徒でもある。クラスでなにか問題が起きたときや、起きそうなときに、この生徒を使わない手はない、というわけだ。

ゴマちゃん先生なら、こういう考え方はしない。だれかひとりを自分の手先のように動かして、クラスの安定を狙《ねら》うようなことはぜったいにしない。しない、というか、できない。

ナチュラルボーン優等生のぼくには、わかる。ゴマちゃん先生は、生まれついての〈ずるくない人〉なのだ。自分中心には、ものごとを考えない。だから、だれの話でもふんふんと興味津々《きょうみしんしん》に聞いて、だれにでも自分が思ったままのことを話して、やるといったことはかならず実行する。そんな当たり前のことが、苦もなくできてしまう。ぼくにとって勉強漬《づ》けの毎日が苦でもなんでもないのと同じだ。

生まれつきって、自分で選べないからやっかいだよなあ、と思う。

もしかしたらゴマちゃん先生だって、ずるいこともできる人になってみたかったかもしれない。でも、なれなかった。ぼくだってそうだ。不真面目になってみようとしたって、なり方がわからない。ぼくにとっては優等生でいることがごくごく自然で、いちばん楽なことなのだから。

それでいったら藤巻先生だって本当は、ずるくない人になりたかったのかもしれない。でも、なれなかった。なれる自分の中から、まあまあなりたい自分をさがして、いまの藤巻先生なのかもしれない——というようなことをつらつらと考えていたら、「でな、吉留」と急に藤巻先生の声音《こわね》が変わった。

「その転入生なんだけど」

ここまでは、初登校日がいつになるかだとか、住所はどのあたりだとか、通学ルートはどうだとか、そんな話がつづいていた。

声音《こわね》が変わったということは、なにかしらぼくに負荷《ふか》のかかる話題に移るということを意味する。

優等生らしく、ぼくは素直《すなお》に「はい」と答えて、藤巻先生の目をじっと見つめた。黒縁《くろぶち》メガネのふちを指先で押《お》しあげながら、藤巻先生もぼくの顔を見つめ返す。

「少しだけ問題がある――といういい方はよくないのか。特徴《とくちょう》がある……でいいのかな。うん、それだな。ちょっと特徴のある生徒らしくてさ」

「特徴、ですか？」

「オレが聞いている範囲《はんい》では、学校生活を送るうえで支障があるわけじゃないらしいんだ。ただ、慣れるまではちょっと、ほかの生徒に影響《えいきょう》が出るかもしれない、と」

なんだかオブラートに包まれすぎていて、話がわかりにくい。ぼくは単刀直入に、「つまり」とたずねた。

「ぼくはなにをすれば？」

「ああ、うん。だからさ、吉留には彼《かれ》とみんなのつなぎ役というかね、そんなような感じのことをやってもらいたいな、と」

つまり、お世話係をやってほしい、ということらしかった。

「正直なところ、オレもよくわかってないんだよね。彼《かれ》の症状《しょうじょう》がどういうものなのか。もちろん、資料で知った範囲《はんい》のことは頭に入ってはいるんだけど」

症状。

なにかしらの持病がある、ということだろうか。

「まあ、吉留には最初に引き合わせることになると思うから」

「教室で自己紹介《じこしょうかい》する前にですか？」

「先に、うちのクラスのようすを彼にちょっと話しておいてもらおうかな、と思って。トイレの場所なんかも、教えたりとかさ」

「なるほど……」

これは、かなりずっしりとした荷物をあずけられてしまったな、と思いつつも、藤巻先生を安心させるために、ぼくはいった。

「わかりました。早く慣れてもらえるよう、ぼくも努力します」

ナチュラルボーン優等生は、ごくごく自然に、こんなことがいえてしまうのだった。

2

ぼくがかねがね不思議なのは、どうしてみんな、そんなにスマートフォンが好きなのか、ということだ。

ゲームがしたいから？　自分のことを友人たちに知ってもらいたいから？　知らないだれかと知り合いたいから？　もしくは、理由なんかない？

友人のひとり、森近曜平《もりちかようへい》くんは、ため息まじりによくいっている。

『切れ目ってのがないんだよなあ。ずーっと学校の延長やってる感じっていうか』

彼《かれ》は、SNSで学年一のフォロワー数、というものを誇《ほこ》っているらしい。その一方で彼自身は、リアクションを返さなければならない相手の多さをなげいていたりもする。わからない。だったら、そのフォロワー数とやらを減らせばいい。それがむずかしいのなら、SNSそのものをやめてしまえばいい。すっきりするはずだ。

『それができたら苦労はしないって。藍堂にはわかんねえんだろうなあ』

最後には決まって、そんなようなことをいう。はなからおまえにわかってもらうつもりはなかったけどね、といいたげな顔をしながら。

だったら最初から、ぼくを相手に愚痴《ぐち》らなければいいのに、と思うのだけど、わかってもらえるかどうかは、曜平くんにはどうでもいいことなのかもしれない。だれかに愚痴がいいたい、ただいいたい、と思ったときに、たまたまぼくがそばにいた。それだけのことだと考えれば、すっきり納得《なっとく》がいく。

「よう、ランドンくん」

すっかり顔なじみになった《兎屋《うさぎや》》のおじさんが、大きな木箱のような管理人室の中から声をかけてきた。

ランドンではありません、ランドウです、と何度修正しても、おじさんはぼくをランドンくんと呼ぶ。《兎屋》に通いはじめて約一年、最初に名前をきかれたときからずっと、そう呼ばれつづけている。おじさんにとってのぼくはランドンくんなんだな、それで確定なんだな、と思うようになってからは、修正の必要は感じなくなった。

いつ見ても、《兎屋》のおじさんの目の下のふくらみはすごい。針でつついたら、水風船のように破裂《はれつ》してしまいそうだ。おじさんくらいの歳《とし》になったら、ぼくの目の下もあんなふうになるのだろうか。いまはつるんとしていて、なんの凹凸《おうとつ》もないけれど。

「こんにちは。一時間でお願いします」

「一時間ね。はい、釣り竿《ざお》」

一時間分の中高生料金四百円——釣り竿のレンタル料金は込《こ》みだ——と別途《べっと》百円のエサ代、合わせて五百円と引きかえに、釣り竿とエサの入った箱を受け取る。

去年のいまごろから通うようになった《兎屋》は、経世中学から徒歩十分ほどのところにある釣り堀《ぼり》だ。

バス停とは反対の方向に向かって歩くと、延々と板塀《いたべい》がつづく一角に出る。兎屋、の黒い手書きの文字のまわりに、まだら模様の鯉《こい》が三匹描《びきえが》かれているスチール製のレトロな看板。その下をくぐれば、そこはちょっとした異空間だ。

まわりはマンションだらけなのに、《兎屋》の敷地内《しきちない》には、時空が歪《ゆが》んで出現したとしか思えないような光景が広がっている。よけいな設備なんかはいっさいなくて、なみなみと水をたたえた釣り堀だけがあるのだ。風が吹《ふ》くたびに、さわさわと水面《みなも》が揺《ゆ》れるようすは、なんともいえず神々《こうごう》しい。もしも本当に神さまがこの世の中にいて、じっさいに会うことができるとしたら、それがかなうのはこの釣り堀だけなんじゃないか、という気がしてくるほどだ。

釣《つ》り堀《ぼり》のまわりには、椅子《いす》代わりのビールケースが点々と置かれている。そのまま使ってもいいし、自分の好きな場所に移動させてから座《すわ》ってもいい。釣れるのは鯉《こい》だけだ。釣れてもぼくはつれて帰らない。釣った鯉はすべて、釣り堀に返すと決めている。

毎週金曜日、学校帰りに一時間だけ、ぼくはここで鯉を釣る。《兎屋》のことは、両親に話していない。話したところで、うちの両親のリアクションなら、『釣り堀なんてあるんだ、へえ、いいじゃない！』とおもしろがっておしまいだと予想できる。少なくとも、そんなところに通うのはやめなさい、といわれないことだけはたしかなのだけど、どういうわけか、話したい、とは思わなかったのだ。

その結果、週に一度の《兎屋》通いは、一年を経てなお、秘されたままになっている。唯一《ゆいいつ》といっていい、ぼくの秘密だ。罪のない、小さな秘密。

ほかの日よりも決まって一時間ほど遅《おそ》くなる帰宅時間については、最近でいえば図書委員の友人の手伝いをしていることになっている。これは、半分は本当で、半分がうそだ。図書委員の坂田《さかた》くんにたのまれて、ときどき書架《しょか》の整理を手伝っている。たいていは昼休みだけど。だから、半分は本当。

夏休みでもなく、休日でもない六月の夕方の《兎屋》は、ひっそりと静まっていた。お客さんは、ぼくをのぞいて三人。全員が、顔見知りだ。

ひとり目の顔見知り、ミチオさんとは言葉でのあいさつを交《か》わさない。

なぜかというと、最初の半年くらいのあいだ、いくら感じよく、礼儀正《れいぎただ》しくあいさつをしても、返事をしてもらえたためしがなかったからだ。

そのうち、ミチオさんは言葉でのあいさつはしない人なのだな、と思いいたったので、ぼくのほうからあいさつするのをやめてみた。軽く、おじぎだけをする。そうすると、ミチオさんは釣《つ》り竿《ざお》をにぎっていないほうの手を軽くあげて、ゆっくりと、にぎにぎ、する。それが、ミチオさんとぼくとのあいさつになった。

ミチオさんは、ミッキーマウスの耳がついた黒いベースボールキャップをかぶっている、七十歳《さい》くらいのおじいさんだ。灰色のぱさぱさした長髪《ちょうはつ》を、首のうしろでひとつにまとめている。痩《や》せた背中には、キルティングの布で作られた赤いナップザックがいつも背負われているのだけど、そのナップザックの下のほうに、ミチオ、と極太《ごくぶと》の黒マジックで書かれているのを見つけたときから、〈ミッキーマウスの耳がついた黒いベースボールキャップをかぶっている、七十歳くらいのおじいさん〉は、ぼくの中でミチオさんになった。

ふたり目の顔見知りは、後藤《ごとう》さんだ。近くのコンビニで働いているらしい。正確な年齢《ねんれい》は知らないけれど、二十一、二歳《さい》に見える。

「こんにちは、吉留くん」

ちょっと高めのハスキーな声で呼びかけられた。

「こんにちは、後藤さん」

「きょうも一時間だけ？」

「はい、一時間だけです」

後藤さんは、華奢《きゃしゃ》な銀縁《ぎんぶち》メガネをかけている。明るい色に染めた髪《かみ》は全体的に少し長めで、ふわっとくせ毛風で、服装はというと、ぴたっとした細身のパンツに、えりつきのシャツのすそをきちんと入れていることがほとんどだ。なんなら女性がしていてもおかしくない服装を、よくしている。それなのに、どこからどう見ても後藤さんは女性に見えない。じゃあ、男性に見えるのかというと、そういうわけでもなかった。どこが、というわけではないのだけれど、ぼくがおとなの男性と対面したときに、ほぼ反射的に押《お》している『この人は男の人だ』というアンサーボタンが、どこをさがしても見つからない。そんな感じだった。まるで後藤さんには、〈後藤性〉という性別が特別にあるようだ、とぼくは思っている。

後藤さんは博識で、話していてとてもおもしろい。前にとなり同士で座《すわ》ったときは、ここ数年のあいだで劇的に常識が変わってしまった恐竜《きょうりゅう》の話で盛りあがった。あれは楽しかった。後藤さんとのおしゃべりを、ぼくはかなり楽しみにしている――のだけど、きょうはあいさつだけにとどめて、となりに座るのはやめておいた。

三人目の顔見知りに、用事があったからだ。

お目当ての顔見知りは、出入り口からもっとも遠い位置にある角に陣取《じんど》っていた。そこが彼《かれ》の定位置だ。角は釣《つ》れやすい、というのは、常連さんたちのあいだでは常識中の常識になっている。

近づいていくと、ぱっと顔があがった。

「お、藍堂くん、きたね」

「巳波《みなみ》さんこそ、やっときましたね」

非難がましいぼくの視線に、なにをいわれるのか察知したのだろう。巳波さんは軽く上半身をよじると、腰《こし》をおろしているビールケースのうしろに手を伸《の》ばした。そこには、白っぽいコンクリートの上でくたっとなっている黒いバックパックがあった。中から取り出されたのは、ポリエチレンの白い袋《ふくろ》だ。

「はい、約束のもの」

手渡《てわた》された白い袋の中に手をさしいれて、ぼくは確認《かくにん》する。文字がぎっしりと印字された、五十枚ほどのコピー用紙の束が入っているのを。

「たしかに受け取りました」

ぼくがそういうと、巳波さんは、ぶ、と吹《ふ》き出《だ》した。

「あぶない取引のあとにいうセリフみたいだね」

巳波さんがなにをしている人なのか、ぼくは知らない。三十歳《さい》くらいなのかな、と勝手に見当をつけているけれど、服装からすると、もう少し若い人なのかもしれない。

なにしろ、巳波さんがちゃんとしたかっこうをしているところを見たことがない。まあ、釣《つ》り堀《ぼり》に釣りをしにきているのだから、ちゃんとしたかっこうをしていないほうが、ふつうといえばふつうなのかもしれないけれど。

それにしたって、ぶかっとした黒のスウェットに、よれよれになったカーキ色のハーフパンツという組み合わせは、相当にラフだ。足もとは決まって、かかとをはきつぶしたベージュのスニーカーで、ソックスは一年通して、はいていない。スーツを着る必要がある職業の人でないことは、まずまちがいなさそうだ。口とあごのまわりは無精髭《ぶしょうひげ》だらけで、短くもなく、長くもない髪《かみ》にはツヤがなく、ぱさぱさしている。コンディショナーを使っていないのかもしれない。ぼくですら、家族と共用のものをちゃんと使っているというのに。

すぐとなりにあったビールケースにぼくが座《すわ》ろうとすると、入れかわるように巳波さんが立ちあがった。

「いっちゃうんですか？」

見上げたぼくの顔には目を向けないで、「うん」と巳波さんはうなずく。下から見上げる巳波さんのあごのラインは、うちの父親の二重あごとはちがって、しゅっとしている。やっぱり、ぼくが思っているよりも歳《とし》の若い人なのかもしれない。

「ちょっと人と会う用があって」

「そうなんですか」

巳波さんにも、会う約束をする人がいるのか、とちょっと意外だった。

「じゃあ、またね」

「あ、はい。じゃあ、また」

いってしまった。

ちょっと拍子抜《ひょうしぬ》けしたような気分になる。後藤さんとのおしゃべりと同じくらい、巳波さんとのおしゃべりも、ぼくは楽しみにしているのだと思う。まあ、いい。きょうは、これがある。

ぼくは、受け取ったばかりのコピー用紙の束を、白いポリエチレンの袋《ふくろ》ごと通学バッグの中に大切にしまった。


日曜日の夜、思いがけない電話が自宅にかかってきた。

「らんどー、お友だちから電話だよー」

リビングのソファに沈《しず》みこんで、楽しみにしていたBS放送のサイエンス・ミステリーの特番を観《み》ていたときのことだった。リビングとキッチンのあいだにあるカウンターテーブル越《ご》しに、母親から子機を受け取る。

自宅にぼくあての電話がかかってくるなんて、めったにないことだ。ぼくの携帯電話《けいたいでんわ》の番号を知らないクラスメイトなんていたかな、と首をかしげつつ、母親にたずねる。

「だれ？」

「あさくぼさとくんですって」

「あさくぼさと？」

聞き覚えのない名前だ。とりあえず、保留を解除した。

「もしもし」

いっぱく置いて、「吉留藍堂くんですか？」と応答があった。

「はい、吉留藍堂です」

「月曜日から経世中学に転入することになった、あさくぼさとです。いきなりご自宅にお電話してしまってすみません。電話番号は、藤巻先生から教えてもらいました」

あ、と思う。例の転入生か、と。まさか本人から電話がかかってくるとは予想もしていなかった。

「どうも、はじめまして。浅いに窪《くぼ》みで浅窪《あさくぼ》ですか？」

ぼくがそうたずねると、子機の向こうで、ふ、と息のぬけたような音が聞こえてきた。

「いきなり名前の書き方をきかれるとは思いませんでした」

「あ、すみません。ちょっと気になったもので」

「『あさくぼ』は、おっしゃるとおり、浅いに窪《くぼ》みで浅窪です。『さと』は、沙悟浄《さごじょう》の沙《さ》に北斗七星《ほくとしちせい》の……」

「ああ、てんてんに、漢数字の十みたいな」

「……その説明のしかたは、はじめて聞いたかも」

「あ、うん。北斗七星のほうがわかりやすいと思う。ちょっと頭に浮《う》かんだだけだから」

「てんてんに、数字の十が?」

「その字を書くときって、頭の中で、てんてんに十っていいながら書いてるから」

「なるほど」

なんだか自然と、おたがいにタメ語で話しはじめていた。ぼく自身、もともと人見知りするほうではないのだけれど、なんていうか、はじめて話す相手だという気が、ちっともしないのだ。

ちょっと低めの声や、落ち着いた話し方が、とても心地《ここち》よかった。ぼくがいうのもなんだけど優等生っぽくて、浅窪沙斗《さと》くんの〈耳での第一印象〉は、すこぶるよかった。これならちょっとくらいのハンデがあっても、すぐクラスになじんでしまうにちがいない。

意外なほど、ぼくはほっとしていた。藤巻先生からあずけられた荷物の重さに、自覚していた以上に責任を感じていたのかもしれない。

もちろんそれは、お世話係がいやだった、とかそういう意味ではない。責任の重さにプレッシャーを感じていた、というだけの話だ。たとえ浅窪くんの電話から、これはちょっと面倒《めんどう》そうな転入生だぞ、という印象を受けていたとしても、決してぼくは、藤巻先生からあずけられた荷物を投げ返すようなまねはしない。

そういうことはしない、したくないのが、ぼくなのだ。

「藤巻先生から、転入初日は吉留藍堂くんが案内係をつとめますっていうお話があったので、事前にちょっとごあいさつしておければと思って」

それでわざわざ電話してくれたのか、とその律儀《りちぎ》さにますます好感度があがった。類は友を呼ぶ、ではないけれど、やっぱり、自分と同じように人と接する相手には、自然と親近感を抱《いだ》くものらしい。

好ましさしか感じない声から、ぼんやりと浅窪くんの顔を想像してみた。声変わりはしているようだから、そんなに子どもっぽい顔つきではないんだろうな。のど仏はきっともう、ぼこっとしている。顔は……うーん、見たことのない顔を想像するのって、意外とむずかしいぞ。

「吉留くん？　聞こえてる？」

しまった。うっかり没頭《ぼっとう》してしまっていた。あわてて、「あの！」と呼びかける。

「もしよければ、駅で待ち合わせてから登校しない？　あ、お母さんといっしょ？　だったら、あれだけど」

とっさの思いつきでそう提案すると、浅窪沙斗くんはちょっと迷ったような間を置いてから、いや、と答えた。

「母、というか、祖母とはもう、学校へのあいさつはすませているから」

「じゃあ、待ち合わせしていこうよ」

「……迷惑《めいわく》でないなら」

「迷惑なわけないよ。浅窪くんも大俵《おおたわら》駅からバスでしょ？　ぼくも同じだから」

待ち合わせの時間と場所を決めてから、ぼくたちは通話を終えた。話していたのは、せいぜい五分ほどだ。それなのに、転入生のお世話係——藤巻先生は体裁《ていさい》よく、案内係というい方をしたようだけれど——が、猛烈《もうれつ》に楽しみになっていた。

切りぎわに、浅窪くんがさらりと口にした『じゃあ、おやすみなさい』。あれもなんだか、ちょっとおとなっぽくていい感じだった。

「だれだったのー？」

野菜をまとめて冷凍《れいとう》保存しておくための準備に忙《いそが》しそうな母親が、キッチンのシンクに向かったまま話しかけてくる。

「あしたからうちのクラスに転入してくる子」

「へえ、転入生！　私立でも、こんな中途半端《ちゅうとはんぱ》な時期に転入できるんだ」

「試験を受ければだいじょうぶなんじゃない？」

「きっと優秀《ゆうしゅう》な子なんだろうね」

「たぶんね」

早くも友だちがひとり増えた気分で、ぼくはそう答えた。

3

——あれっ？

ぼくが待ち合わせの場所に浅窪沙斗くんを見つけたとき、まっ先に思ったのはそれだった。じっさい、口に出してもいたと思う。あれっ？　と。

駅の改札を出て、ロータリーに向かってまっすぐ歩くとすぐ目の前にあらわれる、路線バスの大きな案内板。ぼくたちが待ち合わせたその場所に、経世中学の制服——濃紺《のうこん》のつめえりで、えりとそで口に黒のパイピングが施《ほどこ》されたものだ——を着用して立っている人物は、彼《かれ》ひとりしかいない。

見慣れた制服に包まれているその体は、中学二年生の男子としては平均的な体格のぼくと、ほぼ同じサイズ感だ。いま目にしている彼こそが、浅窪沙斗くんにまちがいなさそうだった。

「……浅窪くん？」

おそるおそる、声をかけてみた。弁解するわけじゃないけれど、このときの〈おそるおそる〉はあくまでも、本人じゃなかったらどうしよう、という不安によるものだ。決して、その風貌《ふうぼう》に対しての〈おそるおそる〉ではない。

手もとに開いたハードカバーの本から顔をあげて、浅窪くんらしきその人がぼくを見た。

見た……のだと思う、たぶん。

「おはようございます、吉留くんですね」

快活に朝のあいさつをする声も、きのうの夜の電話で聞いたのとそっくり同じものだった。

いぶかしんでいることをさとられてはいけない、と判断したぼくは、浅窪くんと同じくらいはきはきと、おはようございます、と答えた。

「吉留です、はじめまして」

そうつづけたぼくに、浅窪くんはほがらかに、「よかった。想像してたとおりだ」といった。

「えっ、あ、想像……」

「電話で話したときの印象と、藤巻先生から聞いていた話と合わせて、吉留くんってどんな人なのかなって想像してたから」

通話中のわずか五分で、彼《かれ》への好感度を爆発的《ばくはってき》にあげたそのおだやかで理知的な声が、さらりと告げてくる。

「よかった、案内係が吉留くんで」

ぼくの印象も、悪くはなかったらしい。

小学生のころのぼくなら、うれしさのあまり、「仲よくしようね」なんてストレートにいってしまっていたかもしれないけれど、中学二年生にもなれば、それはやりすぎだと学んでいる。入学当初は、だれ彼かまわず「仲よくしようね」をいってしまって、爆笑《ばくしょう》されたり、天然かよ、とつっこまれたり、全身にかゆみが広がった、というパントマイムのようなものをされたりしたものだった。

あれにはそれなりに傷ついた。なので、ぼくは学習した。同じミスは、もう犯《おか》さない。ここは軽く目を合わせて、小さくうなずくくらいにとどめておくとしよう——と、浅窪くんの視線をさがしてその顔に目をやったとたん、はっ、と呼吸が乱れた。不自然に息をのんでしまったことにも動揺《どうよう》してしまう。あわてて視線を自分の足もとに落とした。そんなぼくの一連の動きを、彼《かれ》が目で追っていたかどうかはわからない。たとえ彼の顔に視線を向けつづけていたとしても、わからなかったはずだ。

さっきからぼくが、彼の視線が自分に向けられているかどうかについて自信なさげなのには、ちゃんと理由がある。待ち合わせの場所に浅窪くんを見つけたとき、まっ先にぼくが『あれっ？』と思ったのも、同じ理由だ。

浅窪くんの顔には、まっ白な包帯がぐるぐる巻きにされているのだ。

それだけでもびっくりするのに、口もとには大きなマスクまで着けられていて、目もとには厚めの前髪《まえがみ》がおろされてもいる。つまり、包帯とマスクと前髪で、顔全体が絶妙に覆《おお》いかくされた状態になっているのだった。

漫画《まんが》やアニメで透明《とうめい》人間をわかりやすく表現する場合、もっともよく使われる表現が、この包帯ぐるぐる巻きだと思うのだけど、浅窪くんはまさしく、実写版の透明人間さながらの風貌《ふうぼう》をしていた。

そんなわけで、待ち合わせの場所にいた彼を見つけた瞬間《しゅんかん》、まっ先にぼくは『あれっ？』と思い、彼の視線が自分に向けられているのかいないのか、ずっと自信が持てずにいたのだった。

呼吸を整え直してから、浅窪くんの顔に視線をもどす。

彼《かれ》も、ぼくを見た。

……のだと思う、たぶん。

「ぼくのこと、藤巻先生からはなんて？」

包帯を見ている、と思われたのかもしれない。浅窪くんのほうから、そうきいてきた。

「病気らしい、としか」

「そうなんだ」

なるべく自然に、視線を彼の顔から下におろしてみた。首が目に入る。あ、ここもなんだ、と思った。手も目に入って、手もだ、となる。そこでようやくぼくは気がついた。顔だけじゃなかったのか、と。

制服にかくれていない部分はすべて、だった。首にも、手首にも、手の甲《こう》にも、指先にも、まっ白な包帯がぐるぐると巻きついている。よくよく見てみれば、前髪《まえがみ》の質感が少しだけ不自然な気も……。もしかして、かつら？　かつらをかぶっている？

ここにいたって、とうとうぼくは、彼と包帯との関係について考えはじめた。

重い皮膚病《ひふびょう》……なのか？　それとも、全身に火傷《やけど》？　まさか、虐待《ぎゃくたい》のあとをかくすため、とか……。いやいや、だったらかえって目立っちゃってるし、いくらなんでも巻きすぎだし……。

「安心して」

不意に、子どもをいたわる小児科《しょうにか》の先生のようなやさしい口調で話しかけられて、我に返った。包帯をぐるぐる巻きにした浅窪くんの顔が、すぐ目の前だ。厚めの前髪《まえがみ》の下にあるはずの目は、やっぱり見ることができない。

いたっておだやかに、浅窪くんはつづけた。

「さわっても感染《かんせん》したりはしないよ。皮膚病じゃないからね。火傷でもないから、うっかり接触《せっしょく》して痛みで悲鳴をあげる、なんてこともない。もちろん、虐待のあとでもないし、めちゃくちゃハードなタトゥーが全身に入ってるってこともない」

思わずあとずさりしそうになった。

エスパーかなにかなの？　と思うくらい、ぼくの考えていたことがすぱすぱといい当てられていったからだ。ただし、ナチュラルボーン優等生のぼくの頭では、全身タトゥーの可能性は思いついてもいなかったけれど。

「そろそろいかないとね」

浅窪くんは、あとずさりしそうになるのをすんでのところで踏《ふ》みとどまっていたぼくをちらりと横目で見やってから――ぼくにはそうしたように見えた――するりと歩き出した。少し大股《おおまた》で、かっこいい歩き方だ。

すぐには動けなかったぼくに、背中を向けたままの浅窪くんがいう。

「別々にいく？　ぼくはそれでもいいよ」

別々にいく？　そんな失礼なこと、するわけがない。いっしょにいこうと誘《さそ》ったのは、ぼくのほうだ。

すぐさま、駆《か》け寄《よ》った。

「いまなら四十四分のバスにまだ間に合うよ」

となりにならんでそう伝えたぼくに、浅窪くんは、「そう」とだけ答えた。

「いやあ、そうか、こういうことだったのかあ」

いかにも自分は、陽気な性格のとっつきやすい先生ですよ、とアピールするかのように、藤巻先生がことさら明るく、若々しい声を出す。

「正直オレも、具体的にどういう病気なのかうまく理解できてなかったんだけど、なるほどねえ、こういうことだったんだ」

戸を閉めた、生徒指導室の中だ。

職員室から教室へと向かう途中《とちゅう》で、三人だけになれる場所に立ち寄ったのは、浅窪くんからの希望だった。『先生と吉留くんには、自分の症状《しょうじょう》を正確に把握《はあく》しておいてもらいたいので』というのが、その理由。

三人だけの生徒指導室の戸が閉められると、わかりやすくお見せします、と浅窪くんはいって、左手の甲《こう》に巻かれていた伸縮性《しんしゅくせい》のある包帯の一部をずらしてみせた。どうぞ見てください、というようにさし出された、手。藤巻先生とぼくは、うながされるままに見た。そして、口を『あ』の形にして、少しのあいだ、かたまった。

――というのも、包帯の下に見えたのは、包帯だったからだ。包帯の下にまた包帯があった、という意味ではない。からっぽの箱に小さく穴をあけて、その内側をのぞいた感じ、とでもいえばいいのか。ずらされた包帯の下からのぞいているはずだった手の甲は見えず、代わりに見えたのは、浅窪くんの左手全体をぐるぐると覆《おお》っている包帯の内側だった、ということなのだけど、それがどういう意味を持つことなのか、ぼくには――たぶん、藤巻先生にも——すぐには理解できなかったのだ。

先天性可視化不全症候群《せんてんせいかしかふぜんしょうこうぐん》。

それが、医師から告げられた浅窪くんの病名なのだという。

世界的にも珍《めずら》しい、ほとんど症例《しょうれい》のない難病のひとつらしい。

「簡単にいえば、脳の機能障害の一種なんです」

浅窪くんは、淡々《たんたん》と説明した。

「ぼくの脳からは、生まれつき特殊《とくしゅ》な脳波が出ているらしいのですが、その脳波は周囲にいる人間の脳に、ある特定の影響《えいきょう》をおよぼすことがわかっています。その影響というのが、可視化の不全なんです」

可視化の不全。すなわち、まわりにいる人間は、彼《かれ》から発せられている脳波の影響で、すぐ目の前にいるはずの彼のすがたが視認《しにん》できない状態になってしまう、ということらしい。わかりやすくいえば、無色透明《とうめい》に見えている、ということだ。

「ですから、写真や映像には、ぼくの顔は残せます。スマートフォンやカメラ、ビデオの類いは無機物ですから、脳波の影響は受けません」

ぼくの知るかぎり、物体が透明に見える現象には、その物体の表面や内部で可視光線が散乱していないことが条件になってくるはずだった。なおかつ、その可視光線は、物体を構成する物質に吸収されることなく透過《とうか》している必要もある。

ただし、その不可視化の原因が脳波によるものだというのなら、彼《かれ》の肉体そのものにそういった現象が起きているわけではなく、周囲にいる人間の脳になんらかの作用が働いて、視覚処理にエラーが発生したような状況《じょうきょう》になっている、ということになる。

つまり、藤巻先生もぼくも、浅窪くんの脳から放出されている特殊《とくしゅ》な脳波に影響を受けてしまっていて、彼の肉体に関してのみ、正常な視覚処理ができなくなっているのだ。その結果、包帯の下にある彼の手の甲《こう》をちゃんと目にしているにもかかわらず、脳がそれを確認《かくにん》できない、という状態になっている。無色透明だ、と誤認《ごにん》しているわけだ。

そして、彼がいうとおり、写真や映像を記録するツールであれば脳波の影響は受けないので、その機能をさまたげることもない。透《す》けていない彼の顔を見たければ、写真か映像を撮影《さつえい》すればいい、ということか。

なるほどなるほど、とぼくは納得《なっとく》した。そういう仕組みなら理解できる、と。

頭の中に、ある場面を呼び出してみた。場所は、病院の分娩室《ぶんべんしつ》。聞こえているのは、生まれたばかりの赤《あか》ん坊《ぼう》の泣き声だ。

医師が、出産を終えたばかりの母親に告げる。

『目には見えませんが、元気なお子さんですよ』

わけがわからない、という顔をしている母親に、泣き声だけの赤ん坊がさし出される。やっぱり意味がわからないようすの母親の胸の上に、そっと赤ん坊が乗せられる。とたんに、母親はすべてを理解したのか、病院中に響《ひび》き渡《わた》るような悲鳴をあげる——というようなことがあったかもしれないし、なかったかもしれない。

ともあれ、ぼくは先天性可視化不全症候群《せんてんせいかしかふぜんしょうこうぐん》という病気については理解したし、彼《かれ》がほぼ全身、包帯でぐるぐる巻きな理由についても、もしかして、かつら？　と感じていた少しだけ不自然な髪《かみ》についても、だったらかぶらないとだね、と納得《なっとく》した。

ここですんなり納得してしまえるのが、ぼくの頭のよさによるものなのか、それとも、父親がぼくによくいう、『藍堂は、おっとり屋さんだなあ』によるものなのかは、よくわからない。納得さえできれば、ぼくにはそれでいい。

「……という希少動物がいるのですが、彼らの脳には、よく似た機能が備わっているそうです。彼らの場合は——」

浅窪くんによる先天性可視化不全症候群の説明はつづいていたけれど、なんだかうまく聞き取れなかった。ぼく自身が、彼《かれ》の話に集中できていなかったせいだ。

集中できていない理由は、ぼくがもう別のことを考えはじめていたからで、考えていたのは、漫画《まんが》やアニメにそれほど親しんでいないぼくですら、浅窪くんをひと目見ただけで思《おも》い浮《う》かべてしまった、透明《とうめい》人間、というパワーワードについて、だった。

優等生あつかいに、ぼく自身の抵抗《ていこう》はない。いやがる人はいやがる、ということは知っているけれど。そんなぼくと同じように、もしかすると浅窪くんも、透明人間あつかいに抵抗がない人かもしれない。ならば、いい。彼のこれまでの生活は、それほど過酷《かこく》なものではなかっただろう。

問題なのは、彼がもし、透明人間あつかいをいやがっている人だった場合だ。その日々はきっと、苦痛をだしにして、ぐつぐつと全身をまるごと煮《に》こまれるような毎日だったにちがいない。

「――とめ、吉留！」

藤巻先生の声が、いきなりスピーカーを通したようになって聞こえてきた。わっ、といってしまいそうなくらい驚《おどろ》きながら、「はい！」と返事をする。

「だいじょうぶか？　ぼーっとして」

「だい、じょ、ぶです」

他人をむだに心配させない。それがとうぜんのことだとぼくは考えているので、ほぼ自動的に、無理なくそういう。

「じゃあ、いくか」

藤巻先生が戸を開ける音が、ひときわ大きく無音の室内に響《ひび》く。

いく。

どこに?

決まっている。教室だ。転入生の浅窪くんをつれて、二年一組の教室にいく。

……え、だいじょうぶかな、それ。

現実が、じゃばっ、と頭上から降ってきた。ずぶ濡《ぬ》れになったぼくは、必然的に数分後の未来を幻視《げんし》する。

かんちがいされがちなのだけど、あくまでもぼくは優等生なだけで、決して天才の類いではない。たしかに勉強はできるけれど、芸術が爆発《ばくはつ》したりはしないし、天文学的な金もうけの方法を思いついたりもしない。

ぼくの定義では、天才は浮世離《うきよばな》れしているものだ。たとえるなら、浅窪くんがクラスのみんなにあいさつする場面を想像しただけで、具合が悪くなったりしないのが天才なので、どう考えてもぼくは天才ではない。ごくごくふつうの中学二年生だ。そして、いまのところうちのクラスには、ぼくの考える天才の定義にあてはまっている人物はいない。二年一組のみんなもまた、ごくごくふつうの中学二年生なのだ。

おとなでもなければ子どもでもない、というやっかいな時間の中に身を置いている、という厳然たる事実を盾《たて》にして、感情の発露《はつろ》すらうまくコントロールできないやっかいな生きものであることを無理やり周囲に納得《なっとく》してもらっている——それが、ぼくたち中学二年生だ。

便宜上《べんぎじょう》、ぼくたち、と表現しているけれど、正確にいえばぼくは、数少ない例外のほうに入る。なんといってもぼくはナチュラルボーン優等生なので、理由もなく両親にイライラしたり、学校に嫌悪感《けんおかん》を抱《いだ》いたり、オレのまわりにいるやつらはみんなゴミだ、くさっている、なんて思ったりはしない。せいぜい両親に、毎週金曜日の《兎屋》通いを秘密にしていることくらいしか、やっかいな子だなあ、と思われそうな行動は取っていない。

それでも、だ。それでも、迷うことなく〈ぼくたち〉とくくれてしまうくらいには、クラスメイトたちのことは理解できているつもりだし、それはすなわち、彼《かれ》らの考えそうなこと、やりそうなことを想定できる、ということでもあって――だから、ぼくはいま、ちょっと具合が悪い。

ちょっと……じゃないかもしれない。かなり、具合が悪い。

4

案の定、という言葉が、夏空のはぐれ雲のように、ぽかりと頭の中に浮《う》かぶ。

包帯でほぼ全身をぐるぐる巻きにした転入生の登場に、二年一組のみんなは、最初はひかえめに、やがては積極的に、困惑《こんわく》と好奇心《こうきしん》をない交ぜにした目を向けた。

ぼくにはそれを防ぐすべなんかなかったし、藤巻先生にも、とうぜんのようにない。

壇上《だんじょう》に立つ浅窪くんは、ただひとり、困惑と好奇心をない交ぜにしたカオスな視線の集中砲火《ほうか》を浴びつづけるしかなかった。

それでもなお浅窪くんは堂々と、自分は病気です、病名は先天性可視化不全症候群《せんてんせいかしかふぜんしょうこうぐん》です、この包帯はそのために巻いています、と正直にみんなに打ち明けて、どうぞよろしくお願いします、と丁寧《ていねい》に頭をさげた。

ひそめた声でのざわめきが、小走りする無数の小鬼《こおに》たちのように、さわさわと教室内に広がっていく。

「どういうこと？　可視化不全って、目には見えないってこと？」

「それ、透明《とうめい》ってことだよな」

「包帯の下は透明……って、透明人間じゃん！」

「透明っぽく見える皮膚病《ひふびょう》ってだけじゃないの？」

「そりゃそうだろ。マジで透明のわけないし」

「まあ、通称《つうしょう》・透明人間は確定だけどな」

「だな」

透明なはずがない、といいきれてしまう根拠《こんきょ》のない自信はよくわからなかったけれど、みんなの浅窪くんに対する共通認識《にんしき》が〈透明人間〉になってしまったことは、しっかりと理解できた。

通称どころか、正真正銘《しょうしんしょうめい》、浅窪くんはホンモノの透明人間なのだけど——ぼくが見た彼《かれ》の手の甲《こう》は、完全に透明だった——、視認《しにん》していない二年一組のみんなは、似て非なるもの、と理解したようだった。

そのことが浅窪くんにとっていいほうに働くのか、そうはならないのか、いまはまだわからない。ただ、みんなが共有した認識の中では、浅窪くんはもう〈透明人間〉だ。現時点で、それは確定してしまった。

とうぜんのように、ぼくは予感している。これはよくない傾向《けいこう》だぞ、と。

だって、うちのクラスには雲野充留くんがいる。あの雲野くんが、〈透明人間《とうめい》〉を放っておくわけがない。かならず、イジる。雲野くんといえば、イジり。イジりといえば雲野くんだ。

もちろん、うちのクラスの全員が、雲野くんのイジりに乗っかるわけではない。名門校に通う生徒らしく、イジりもいじめもかっこ悪い、と毅然《きぜん》としている人だってちゃんといる。ただ、そんな人たちにとっても、とつぜんの転入生が〈透明人間〉なのはさすがに想定外だっただろうし、想定外の相手に対して、自分でも思ってもみなかった行動を取ってしまうのは、ありえないことではないと思う。

要するに、うちのクラスの雰囲気《ふんいき》が今後どうなっていくかは、まったく読めない、ということだ。

壇上《だんじょう》をおりた浅窪くんは、早くも遠慮《えんりょ》をなくした視線のつぶてを四方八方からぶつけられながら、窓ぎわのいちばんうしろの席へと向かった。きょうからそこが、彼《かれ》の席だ。ほぼまん中の列の最後尾《さいこうび》にいるぼくからは、二列隔《へだ》ててならびの席、ということになる。

「おーい」

入れかわりに壇上《だんじょう》にもどった藤巻先生が、みんなに呼びかけた。

「自己紹介《じこしょうかい》の途中《とちゅう》で、透明《とうめい》人間っていったやつ、いたよな？」

だれに、というわけでもなく確認《かくにん》する。もちろん、返事はない。

「いまのうちに修正しとこうか。『浅窪沙斗くんは、治療《ちりょう》のむずかしい病気を抱《かか》えています。透明人間なんかじゃありません』。はい、頭の中で復唱！」

復唱！　のあとに、数秒の沈黙《ちんもく》。

藤巻先生の指示どおり、みんながちゃんと頭の中で復唱をしたかどうかは、非常に疑わしかった。ぼくですら、別のことを考えるのに気を取られていて、いわれたとおりにはできていなかったくらいなのだから。

それでも藤巻先生は、よし、と小さくうなずくと、「じゃあ、はじめるか」とみずから設けた修正タイムを早々に切りあげて、黒板に書かれていた浅窪沙斗の文字を、てきぱきと消し去った。

そよ、と風が吹《ふ》いたのに気がついて、視線を窓側へと向ける。

浅窪くんが、小さく窓をあけたらしい。彼《かれ》の顔は、窓のほうに向けられている。白い後頭部——白い、というのはもちろん、包帯の白のことだ——に、ぼくの視線は吸い寄せられたようになる。

ぼくがさっき気を取られていたのは、この包帯にまつわることだ。いつ巻き直してるんだろう、と考えていたのだ。

引きつづき、ぼくは考える。

入浴時にはきっと包帯はほどくだろうから、そのすぐあと？　いや、家族しかいない自宅の中でなら、包帯を巻いておく必要はないか。彼《かれ》の包帯はきっと、みずからの肉体が透《とう》明《めい》であることをかくすために巻かれているのだろうから。

彼が制服だけを着用した状態を想像してみれば、その効果が絶大なことはすぐに理解できる。包帯を巻いていない彼が駅前にあらわれでもしたら、パニック状態になる人が続出するにちがいない。いや……スマホ片手に彼を取りかこむ人のほうが、もしかしたら多いのか？

ニュースで見たことがある。歩道橋で首を吊《つ》って自殺した人を、スマホで撮影《さつえい》して拡散する人たちがたくさんいたのだと。あまりの道徳観のなさに、ぞっとした。ぼくには理解しがたい感覚だ。

おっと、脱線《だっせん》したぞ。えーっと、どこまで考えたんだっけ？　そうだそうだ、浅窪くんはいったい、あの包帯をいつ巻き直してるんだろうって考えてて……。

ひゅっ、とのどから空気がもれたような音がした。

ぼくが息をのんだ音だ。

どうして息をのんだかというと、浅窪くんがぼくを見ているのに気がついたからだ。見て……いたのだと思う。その顔が、しっかりとこちらを向いていたから。

あいかわらず目もとには前髪《まえがみ》がもさっとかぶさっていて、視線のありかは不明なままだったけれど、ぼくにはわかった。彼《かれ》はぼくを見ていた、と。なんなら、目が合っていたんじゃないかとすら思う。いまはもう、その顔は窓のほうに向き直ってしまっているから、たしかめようもないけれど。

ぼくは勝手に、吹《ふ》きかえ版の海外ドラマのようにアテレコしてみた。

『窓ぎわの席っていいよね？　好きなときに、風が入れられるんだから。きみのところにも、風は届いた？』

これは、昨夜の電話での浅窪くんのイメージ。ただのイメージなので、完全にぼくの願望だ。こんなことをさらっというような人だったらいいのにな、という。

『さあ、これからきみがうまく立ち回れるかどうかで、ぼくがこのクラスになじめるかどうかが決まるよ。ちゃんとやってよね？』

わざと、いやな感じのアテレコもしてみた。ぜったいに浅窪くんがいいそうにないセリフをあえて当ててみたのだけど、意外とハマったような気もする。

たぶん、どんなセリフでもハマるにちがいない。だって、包帯とマスクと前髪《まえがみ》で覆《おお》われた浅窪くんの顔と表情には、どんなセリフだって当て放題なのだから。

当てたセリフ次第《しだい》で、浅窪くんはぼくがイメージしたとおりの浅窪くんになる。

あれ、と思った。

なんだかそれって。

それこそ本当の意味での――。

思っていたよりも、雲野くんの動きはにぶかった。

休み時間になるやいなや、さっそくまわりを巻きこみながら浅窪くんに接触《せっしょく》してくるんだろうな、と身がまえていたのに、いまのところは完全に遠巻きだ。いつもの顔ぶれと輪になって立ち話をしながら、浅窪くんにちらちらと視線を向けるにとどまっている。午前中の休み時間は、すべてそんな感じだった。

少しばかり拍子《ひょうし》抜《ぬ》けした気分で迎《むか》えた給食の時間。経世中学は私立にしては珍《めずら》しく、給食制だ。配膳係《はいぜんがかり》でない者は、手洗いをすませ次第《しだい》、席について配膳を待たなければいけないのだけれど、きょうのぼくは、浅窪くんを保健室に送り届ける、という役目を負っていた。

給食を食べるには、とうぜんのことながら、マスクをはずす必要がある。人前でマスクをはずすのは避《さ》けたい、という本人の希望で、浅窪くんは保健室で給食を食べることになっていたのだ。

自分が給食を食べる時間も確保しなければいけないので、あまりのんびりはしていられなかった。浅窪くんとつれだって廊下《ろうか》に出ようとしたところで、

「藍堂！」

雲野くんに、呼び止められた。

仲がよかったころのなごりで、雲野くんはいまもぼくのことを、名字ではなく名前で呼んでいる。

「ちょっと」

手招きをされたので、教卓《きょうたく》をかこむようにして集まっていた雲野くんとその仲間たちのもとへと向かった。浅窪くんは、開いたままの戸の横に立って待ってくれている。

「なに？　雲野くん」

「おまえ、トッシュになんかたのまれてんの？」

トッシュというのは、藤巻先生のあだ名だ。ゴマちゃん先生、は本人の前でも使われているあだ名だけど、トッシュは、生徒のあいだでだけ使われている。だれかが最初にフジマッキントッシュと呼びはじめたのが、いつのまにかちぢまって、トッシュになったらしい。うっかり本人に聞かれてしまっても、自分のことをいわれているとはわからないから、という理由で広く普及《ふきゅう》しているようだった。

「校内の案内とか、浅窪くんにわからないことがあったら教えるとか、そういうのはたのまれたけど」

「マジかあ。あいかわらず、トッシュはずるい手使ってくるよなあ」

ははあ、と思う。

雲野くんも、ぼくが藤巻先生に感じているのと同じようなことを感じているんだな、と。雲野くんがいいたいのは、たぶん、こういうことだ。

基本、ぼくはだれとでも仲がいい。仲がいい、というよりは、だれとの距離《きょり》も均一だ。雲野くんのように、休み時間はかならずいっしょに過ごすだれかがいる一方で、あいさつもろくにしない相手もいる、なんていうアンバランスな状態にはいない。結果、ぼくは中立国のようになっている。だれのことも拒《こば》まない代わりに、だれからも拒まれない。

そういう存在をイジると、イジったほうが損をするらしい。『なんで中立国にちょっかい出してんの？　それはやっちゃだめなことじゃん』という目で見られたりするのだと、なんでもぼくに解説してくれる森近曜平くんが教えてくれた。

そんなわけで、イジりといえば、の雲野くんも、ぼくのことはイジってこない。一目置かれている、というといいすぎな気もするけれど、よけいなちょっかいを出されるようなことは、ほぼないにひとしい。

で、藤巻先生はずるい手を使ってくる、の話になるのだけど、要は、吉留藍堂を虫よけ的に浅窪くんのそばに置くなんて、と雲野くんはいったのだ。先生のくせに生徒を利用するなんてずるい、と。

この考えは、おおむねぼくの考えとも一致《いっち》しているけれど、一点だけちがうのは、ぼくはそんな藤巻先生に対して、とくになんとも思っていない、というところだ。

以前は仲のよかったぼくたちが決定的に決裂《けつれつ》してしまったのには、きっとそこらへんに理由がある。

雲野くんはぼくに、いっしょになって藤巻先生をきらいになってほしいのだ。あいつ、先生のくせにずるいよな、と悪口をいってほしいのに、ぼくがいわないから、いっしょに登下校するのもやめてしまったのだろうし、休み時間も別行動を取るようになった。

しかたがない。ぼくはナチュラルボーン優等生なのだから。もともとない感情を、じつはあったふりをして掘《ほ》り出《だ》してみせて、「あったぞー」と高々と掲《かか》げるなんてことはできない。

かつてはぼくと同じように、だれからも優等生だと思われていた雲野くんは、優等生をやめたいと望んだ。望んだ結果、やめられた。

ぼくたちは、決別してしまったのだ。

――ぼくと雲野くんとのことはさておき、給食の時間もふくめた昼休みはそう長くはない。そろそろいかなければ。

「じゃあ、いくね」

雲野くんたちに背中を向けると、待たせていた浅窪くんのもとへと急いだ。

「待たせてごめんね。いこうか」

ぼくが先に廊下《ろうか》に出て、そのすぐあとに浅窪くんがつづくはずだったのだけど、廊下の状況《じょうきょう》が目に飛びこんできたとたん、思わず足が止まってしまった。ぼくの背中のうしろで、浅窪くんも足を止めたのがわかる。

廊下には、ほかのクラスの生徒たちが集まっていた。それはもう、あふれんばかりのいきおいで、数えきれないほどの人数が。

「出てきた出てきた！」

「マジで包帯ぐるぐる巻きじゃん！」

「見えねえし！　どけよ、前のやつ」

浅窪くんを見にきたのだということは、すぐにわかった。同学年もいれば、下級生もいる。上級生もいる。ひっくるめて、ごくごくふつうの中学生男子たちが、大挙して押し寄《よ》せているのだった。

進むか、もどるか。

ぼくは一瞬《いっしゅん》、迷ってしまった。

「いいよ、吉留くん。いこう」

そんなぼくの背後から、あのおだやかで理知的な声が、きっぱりと指示を出してきた。止めていた足を進める。

すげえな、とか、マジかよ、とか、なんの配慮《はいりょ》もない声がいくつもあがる中、浅窪くんとならんで廊下《ろうか》を歩いた。

困惑《こんわく》と好奇心《こうきしん》が煮《に》こごり状態になった視線にさらされながら、わからなくもない、とぼくは考える。唐突《とうとつ》にもたらされた〈透明人間《とうめいにんげん》〉情報に、ほとんど反射的に気持ちがわき立ったんだろうな、と。それをみんなでおもしろがることで、より盛りあがってしまう集団心理のようなものがある、という事実には、ぼくも理解を示すことができるのだ。

ああ、そうだ。ぼくにだってわかる。気持ちがわき立っているときの恍惚《こうこつ》とした感じとか、充実感《じゅうじつかん》とか、そういうものは。

ぼくがはじめて《フーアーユー?》を読んだときの興奮を思い出せば、より正確にわかる。急に名前を出してしまったけれど、《フーアーユー?》というのは、ぼくが愛読している本のことだ。はじめて読んだとき、とんでもなく興奮したので、例に出してみることにする。

もしもあのとき、『ちょっと待った！　その興奮ってだれのことも傷つけてない？　だいじょうぶ？　よく考えてから興奮したほうがよくない？』とだれかに一考を求められていたとして、いわれたとおりにできたはずがなかった。断言できる。あの興奮を、我慢《がまん》できたはずがない。

経験ずみの気持ちは、未経験の気持ちよりも想像しやすい。だから、わからなくもない、と彼《かれ》らの気持ちを想像してみることはできる。共感はしないけれど。

それにしたって、とぼくは思うのだ。

彼らがいま浅窪くんに対してしていることは、人をおとしめる、という行為《こうい》にほかならない。彼らはきっと、たいして意味はないこと、としてそれをやっているのだろう。

やれやれ、というように、ぼくは頭の中で首を横にふる。とんでもない愚行《ぐこう》だ、と。

未来の自分は、いまの自分がしたことで作られていく。だれかをおとしめるという行為は、そういうことができる人間にみずからなっていくという行為でもあるのだ。それをするのかしないのかは、ある意味、一生を左右する重要な選択《せんたく》といっても過言ではないだろう。いずれ出会う新しい友人、意中の人、志を同じくする者たち――人生が進んでいく中で、どうしたって気づくときがくるはずだ。たとえば、ああ、こいつにはかなわない、と思ったときに。ああ、この人が自分なんかを好きになってくれるはずがない、と思ったときに。ああ、この差をどう埋《う》めればいいのだろう、と思ったときに。

気づいたときには、未来の自分はいまの自分になっている。かつてのいまの自分は、過去の自分になってしまっている。

だから、そう。いっときの恍惚《こうこつ》や充実感《じゅうじつかん》なんかのために、遊び半分でそれをすることを選んだりしてはいけない、とぼくは思っている。恍惚や充実感を手に入れたいだけなら、それ以外の方法をさがしてみるべきだ。だれのためでもない。未来の自分のためにそうするべきだ。ためしに《フーアーユー?》を読んでみたっていい。

とはいえ、こういうのって自分で気がつかないと、『!』にはならなくて——ぼくはナチュラルボーン優等生なので、『!』となる瞬間《しゅんかん》もなく、ごくごく自然に気がついていたけれど——、だれかから教えられただけだと、ただの『ふうん』になりがちだってことも、ぼくにはわかっている。そもそも、どうやって教えたらいいかもわからないし。解説好きな森近曜平くんならともかく、ぼくはあんまり、話し上手なほうじゃない。

だから、とりあえずぼくは祈《いの》っている。みんな、早く気がつきますようにって。できることならぼくのクラスメイトたちには、『あのころはよかったよなあ』『もどりたいなあ』

なんていい合うおとなたちにはなってほしくないから。そんなおとなたちの集まる同窓会なら、ぼくはぜったい、出席しない。ぜったいだ。

そんな未来の話はさておき。

……浅窪くん、だいじょうぶかな。

顔は正面に向けたまま、横目でちらりと、浅窪くんの横顔を見やった。

まっ白な包帯に覆《おお》われたその横顔からは、とうぜんのように、なんの感情も見て取れない。ただ、その顔はまっすぐ前を向いていて、ほんのわずかな悲嘆《ひたん》も漂《ただよ》わせてはいないように見えた。

もちろん、ぼくがそう思いたかっただけかもしれないけれど。

「彼《かれ》と、いた」

1

ぼくが《兎屋《うさぎや》》に通うようになったきっかけは、とある児童書だ。

よくいく大型書店の児童書コーナーで、【オススメのＹＡ】と書かれたカラフルな付箋《ふせん》のようなもののついたハードカバーの単行本を見つけて、なんの気なしに手に取ったのがいまから約四年前。ぼくがまだ、経世《けいせい》中学への受験を意識してもいなかったころ、小学四年生の夏休みのことだった。

その本こそが、《フーアーユー？》だ。興奮を我慢《がまん》するのはとてもむずかしい、ぼくにだってそれはわかる、なぜならそれは……と考えていたときに作品名が出てきた、例の本。

つやつやしたカバーの表紙には、簡略化された男の子の顔が、ぽん、とある。すぐ横に白い吹《ふ》き出《だ》しがあって、その中にセリフが入るよう、手書き風のタイトルがデザインされている。

この本を、なぜだかぼくは無性《むしょう》に読んでみたくなって、母親にたのんで買ってもらった。そして、たった一晩で読み終わっている。

べらぼうに、おもしろかったのだ。

それまでぼくが読んでいた《坊《ぼ》っちゃん》や《羅生門《らしょうもん》》、《変身》や《ABC殺人事件》もおもしろかったけれど、それとはまったくちがったおもしろさで、ぼくはすっかり《フーアーユー?》の世界観に夢中になってしまったのだった。

簡単に説明すると、《フーアーユー?》は、SF版の《不思議の国のアリス》だ。主人公は外国人の小さな女の子じゃなくて、関東在住の男子高校生だけど。

主人公は、近未来風の摩訶不思議《まかふしぎ》な世界に迷いこんでしまって、そこでいくつもの冒険《ぼうけん》をする。その冒険の数々がとっても奇妙《きみょう》で、心躍《こころおど》るもので、こんな世界にぼくもいってみたい、と思わせるものだったわけだけど、その摩訶不思議な世界への入り口が、主人公が暇《ひま》つぶしのために通っていた釣り堀《つぼり》の水面《すいめん》だったのだ。

いきなり人の言葉をしゃべり出した鯉《こい》に導かれるまま、主人公は釣り堀に飛びこんで、冒険の旅に出る。

そんなわけで、たまたま《兎屋》を見つけたときのぼくの胸のときめきようは半端《はんぱ》じゃなかった。声にならない悲鳴をあげすぎたせいで、過呼吸になりかけたくらいだ。

もちろん、《フーアーユー?》とまったく同じ現象が自分の身に起きるわけがないことくらいちゃんとわかっていたけれど、物語の重要な場面に出てきた釣り堀《つぼり》という場所にいられるだけでも、ぼくには充分《じゅうぶん》だった。そのくらい、ぼくは《フーアーユー?》の熱烈《ねつれつ》な読者だった、というわけだ。

その《フーアーユー?》の作者は野之《のの》・ト・ナカという人で、プロフィールには性別も年齢《ねんれい》も出身地も記載《きさい》されていなかった。しかも、初版の日付からすでに三年が経《た》っていたにもかかわらず、その時点で著作は一作のみ。ほかの本を読んでみたくても、存在していなかった。

そんな野之・ト・ナカの新作が、いまから約三年前、とうとう刊行された。やっぱりぼくがまだ、経世中学への受験を意識してもいなかった小学五年生の春ごろのことだ。当時のぼくは、血まみれのステーキを血眼《ちまなこ》でむさぼり食う腹ぺこの旅人のように、その新作を読んだ。

《サニーの黙示録《もくしろく》》

表紙には、迷彩柄《めいさいがら》のヘルメットをかぶって、機関銃《きかんじゅう》を構えている制服すがたの女の子がいた。

サニーというあだ名を持つその女の子は、世の中のいろんなことに怒《おこ》っていて、自分が十四歳《さい》なことにも、女の子なことにも、半分だけ日本人なことにも怒っている。機関銃《きかんじゅう》を撃《う》ちまくる代わりに、サニーは相手を怒らせる言葉ばかりを容赦《ようしゃ》なく吐《は》き出《だ》す。そうすることでしか、自分の怒《いか》りを鎮《しず》めることができない。まわりにいる人たちは、次々とサニーのもとを去っていく。両親ですら、娘《むすめ》とどう向き合えばいいのかわからなくなってしまい、とうとう遠い異国の地に住む親戚《しんせき》の家にホームステイさせることにした。

遠い異国の地に向かう飛行機の中で、サニーは奇妙《きみょう》なアナウンスを聞く。

『お客さまの中に、到着先《とうちゃくさき》のご変更《へんこう》をお望みの方はいらっしゃいませんでしょうか』

サニーは迷わず手をあげた。

『はい、ここにいます』

直後、飛行機は乱気流に巻きこまれたかのように激しく揺《ゆ》れ出《だ》す。

サニーが目を覚ましたとき、そこは廃墟《はいきょ》のようなお城の中で、そばにいたのは人の言葉を話すパンダだけだった。少しぶっきらぼうだけど、根はやさしいパンダとの共同生活がはじまり、やがて、サニーは知ることとなる。ここは、人間が動物を飼ったり食べたりするのではなく、人間が動物に飼われたり食べられたりする世界なのだと——。

くり返し読みすぎて、隅《すみ》がめくれあがってきてしまったコピー用紙の束を、ベッドの枕《まくら》もとに置く。

はあ、つづきが気になる……。

束のいちばん上の用紙には、本文の文字よりも少しだけ大きく、《サニーの黙示録　秘密の楽園》と印字されている。枚数は百枚ほどだ。

このコピー用紙の束を、ぼくは月に一度のペースで巳波《みなみ》さんから受け取っている。三年前に刊行されている《サニーの黙示録》は、あきらかにつづきがある終わり方をしたというのに、いまだに続編は出されていない。ぼくが巳波さんから受け取っているのは、《サニーの黙示録》の非公式な続編だ。

ぼくがはじめて巳波さんととなり同士に座《すわ》ったのは、去年の秋ごろだった。

『釣《つ》れる？』

気さくに話しかけられて、ぼくも気軽に、『きょうは釣れないです』と答えた。

はじまりはそんな感じで、ぼくが《兎屋》に通うようになったきっかけが《フーアーユー?》だったことを巳波さんに話したのは、顔見知りになって何週間も経《た》ってからのことだった。

巳波さんはめちゃくちゃ大きな声で、『うそ!』と叫《さけ》んで、ぼくは釣《つ》り竿《ざお》を落としそうになったくらいびっくりしたのだけれど、つまりはこういうことだった。

巳波さんも《フーアーユー?》の大ファンで、それで《兎屋》に通うようになった人だったのだ。しかも、巳波さんは愛読が高じて、なかなか続編の出ない《サニーの黙示録》のつづきを勝手に書いている、ということまで、ぼくは知ってしまった。

読みたいです、というぼくのお願いはなかなか聞き入れてもらえず、コピー用紙の束が手渡《てわた》されたのは、今年に入ってからのことだった。

『期待にこたえられてなかったらごめんね』

しぶしぶ、といえばいいのか、おそるおそる、といえばいいのか、とにかく巳波さんはかなりうしろ向きなようすで、自分のためだけに書いている、という《サニーの黙示録》の続編を読ませてくれた。

これがもう、おもしろいのなんのって。

どうしてこれが正式な《サニーの黙示録》の続編じゃないんだ？　っていうレベルのおもしろさで、サニーのちょっとむずかしいところのある性格も、原作の雰囲気《ふんいき》そのままにちゃんと魅力的《みりょくてき》に描《えが》かれている。なにより、パンダのかっこよさといったら！　正直、野之・ト・ナカのパンダよりも、巳波さんの書く彼《かれ》のほうが好きになってしまったくらいだ。

翌週、いつもの角のポジションに座《すわ》っていた巳波さんを見つけて駆《か》け寄《よ》っていったぼくは、あいさつもそこそこにいった。

『つづき、あるんですよね？』

それ以来、月に一度のペースで、《サニーの黙示録》の続編を細切れに読ませてもらっているわけだけど、《サニーの黙示録　秘密の楽園》は、じつは二本目の続編だ。一本目の続編、《サニーの黙示録　裏切りのパレード》は無事に完成して、いまは、さらにそのつづきに突入《とつにゅう》しているのだった。

いまや巳波さんは、自分のためじゃなく、ぼくのために書いているようなものらしい。だから、自分のためだけに書いていたときのようにはすらすら書けなくなってしまって、約束の日までに書きあげられなかったりもするのだという。

今月も、約束の週に巳波さんは《兎屋》にすがたを見せなかった。先月は、二週連続であらわれなくてぼくをやきもきさせたのだけど、渡《わた》された《サニーの黙示録　秘密の楽園》のつづきは、これまで以上の怒濤《どとう》の展開で、何度読み返しても飽《あ》きるということがなかった。野之・ト・ナカの次に《サニーの黙示録》の世界観を理解しているのは、巳波さんをおいてほかにはいない。ぼくは本気で、そう思っているくらいだ。

それにしても、読んでいていつも思うことなのだけど、サニーはどうしてこうもパンダに対して素直《すなお》になれないんだろう。ひとことでいいから、そばにいてくれてうれしい、とか、いつも助けてくれて感謝している、とか口にすればいいのに。それがサニーの性格なんだとわかってはいるけれど、読んでいてとても歯がゆい。

もちろん、サニーがもともといた世界の中でそんなことをいったら、笑い者にされていたんだろうな、とは思う。だけど、サニーはもう、そこにはいない。パンダのいる世界にいるのだ。

いつかサニーがパンダに、いっしょにいてくれてありがとうって素直にいえるようになるのを、ぼくは待っている。もふもふの大きな白黒の体に飛びつきながら、大好きだよっていえるようになるのを待っているんだ。

いまのサニーのひねくれ具合からすると、先はまだまだ長そうだけど。

それにしても――、

「つづきが気になる……」

声に出してのひとりごとを吐《は》き出《だ》しながら、ごろんと寝返《ねがえ》りを打ったところで、勉強机の上で充電中《じゅうでんちゅう》だった携帯電話《けいたいでんわ》が振動《しんどう》しはじめた。

よっ、と声を出してベッドから起きあがる。小走りに勉強机の前までいき、森近曜平《もりちかようへい》の名前を液晶《えきしょう》画面にたしかめながら着信ボタンを押《お》した。

「もしもし、曜平くん？」

「起きてた？　いまちょっといい？」

「いいけど」

曜平くんからの電話は、たまにかかってくる。以前は、【いま話せる？】というメールがきて、【話せるよ】と返事をすると電話がかかってくる、という流れがあったのだけど、いつからか、いきなり電話がかかってくるようになった。たぶん、ぼくがSNSの類いをやっていないせいだ。学年一のフォロワー数を誇《ほこ》る曜平くんにとって、メールでのやり取りはまどろっこしいのだろう。

基本的に曜平くんが電話をかけてくるのは、クラスでちょっとした問題が起きた日なんかがほとんどだ。寝《ね》れなくってさ、というときも、ごくたまにある。

「どう？　透明人間《とうめいにんげん》くんは。性格よさそう？」

「透明人間くんってだれのこと？」

「はいはい、浅窪《あさくぼ》くんね」

はあ、とわざとらしくため息をついてから、「いい人だと思うよ」とぼくは答えた。

「言葉遣《ことばづか》いも丁寧《ていねい》だし、常識的な人っぽいし」

「まあ、おだやかそうなやつではあるよね。あのルックスのわりには変に卑屈《ひくつ》な感じもしないし」

情報通で知られている曜平くんなので、浅窪くんに関する情報をぼくからも吸いあげておきたいのかもしれない。

「包帯の下、見た？」

おっと、いきなり答えにくいことをきかれてしまったぞ、と思う。ぼくは、「わっ」と声をあげて、いったん携帯電話《けいたいでんわ》を顔から遠ざけた。

「――どう、藍堂《らんどう》？　どうした？」

「ああ、ごめんごめん。いま、部屋の中にちょっとね」

「ちょっと、なんだよ」

「曜平くんには話したことなかったっけ。ぼくの部屋、ときどき出るんだよ」

「なにが？」

「影《かげ》だけの猫《ねこ》」

「は？」

「だから、影だけの猫」

「いや、聞こえてたし。なんなのそれはってきいたの」

「ぼくにもよくわかんないよ。猫っぽい形の、ぼわっとした黒い綿のかたまりみたいなやつがさ、夜、ベッドの明かりだけにしてると、部屋の隅《すみ》から飛び出してきたりするんだよね」

「えっ、ヤバくない？　こわくないの？」

「慣れちゃった」

「マジかよー、慣れんなよ、そんなもんに。藍堂って、変なところで肝《きも》が据《す》わってんだよなあ」

あれ、意外とあっさり信じたぞ、と思っていたら、「で？」と曜平くんの声音《こわね》が変わった。

「見たの？　見てないの？　包帯の下」

なんだ、信じたふりだったか。

「見てない」

「ホントに？」

「見たいの？　曜平くん」

「いやー、どうだろ。グロそうだしなあ」

「グロくはないよ、別に」

あっ、と思ったときには遅《おそ》かった。

「見たんじゃん、やっぱり」

「見てない」

「いや、もうバレてるから」

こうなったら、曜平くんには本当のことを話すしかない。曜平くんならきっと、話してもだいじょうぶだ。みんなにはないしょにしてほしい、とたのめば、ぜったいにしゃべらないでいてくれる。

見たまま聞いたままを、ぼくは話した。曜平くんは、「うん」「え?」「へえ……」「は?」「ふうん」と多彩《たさい》な相づちを打ちながら聞いている。

曜平くんは、うちのクラスの中では二番目に背が高くて、声変わりもしていて、小学生よりは高校生に近いほうの中学二年生だ。できたことのなかったニキビが、最近できるようになった、となげいたりもしている。加えて、中立国のぼくとちょっと似た距離感《きょりかん》でクラスのみんなとつきあっているようなところもあって、曜平くんいわく、ぼくとは同盟関係なのだそうだ。藍堂の優等生成分がもうちょっとだけ薄《うす》かったらなあ、といわれたこともあるけれど、まあまあ仲はいいほうなんじゃないかとぼくは思っている。

「あのさ、藍堂」

「うん?」

「おまえ、同じ手は二度使えないって知ってる?」

「手品の話?」

「こわい話で気をそらして、話したくないことを話さずにすませようとするのは、一度しか通用しないぞって話」

一度目だって通用してなかったじゃないか、と思いながら、「わかってるよ」と答える。

「だから、本当のことを話したんじゃない」

「包帯の下は、透明《とうめい》だったって？」

「そう」

「見たの？　本当に」

「本当に見たよ」

「正真正銘《しょうしんしょうめい》、ホンモノの透明人間なの？　浅窪って」

「まあ、そうなるのかな」

まあ、もなにも、それ以外のなにものでもない。ぼくが見た浅窪くんの左手は、完全に無色透明だった。

「……マジかあ。すげえ病気だな」

「ちょっとたいへんそうだよね」

「ちょっとじゃねえし！　めちゃくちゃたいへんだよ！　一か月の包帯代いくらだよ！

……っていうかさあ、マジで藍堂、うちのクラスの連中には話さないほうがいいぞ、いまの話。オレも話さないし」

「もちろん、ぼくからは話さないよ」

曜平くんなら、本当のことを話してもだいじょうぶだと判断したぼくは、まちがってはいなかったようだ。

「なんていうか……まあ、がんばれよ、藍堂」

こまったときにはオレもいるからな、とまではいわないのが曜平くんだ。面倒《めんどう》なことにはなるべくかかわりたくない、オレは自由と平和を愛する男子中学生なんだ、とふだんから公言しているだけはある。そんなスタンスでも自然とみんなに受け入れられていて、学年一のフォロワー数までキープしているのだから、なんかちょっと曜平くんってすごいのかもしれない、と思う。

「心配してくれてありがとう。じゃあね、曜平くん。おやすみなさい」

「お？　え、おやすみ？　ああ、うん、おやすみ」

なんとなく浅窪くんのまねをして、家族にしかいったことのない『おやすみなさい』をいってから、曜平くんとの通話を終えた。いい具合に眠《ねむ》たくなっている。だれの目を気にするでもないあくびをしながら、ベッドに向かった。

横になる。手足がぽかぽかしているのがわかる。ゆらりゆらりと体が浮《う》いているような感覚もある。釣《つ》り堀《ぼり》の水面《すいめん》に浮《う》かんだらこんな感じかな、と思いながら、自宅にいる浅窪くんを想像してみた。

洗面台の鏡の中で、ふわり、とバスタオルが宙に浮く。タオルが体の形になって、もぞもぞと動いている。お風呂《ふろ》あがりの浅窪くんだ。お風呂あがりだから、かつらもかぶっていない。そこにいるのは、まるきり透明《とうめい》な浅窪くんだ。

そうなってしまうと、どんなに目をこらしても、そのすがたを目にすることはできない。お母さんにも、お父さんにも、きょうだいにも。ともに暮らす家族であっても、だれひとり彼《かれ》のすがたを肉眼で見ることはできない。

写真や映像の中にいる、数秒前、数分前、数時間前、数日前、数年前の彼しか、目にすることはできない……。

『よかった、案内係が吉留《よしとめ》くんで』

そうつぶやいたとき、浅窪くんはいったい、どんな表情をしていたんだろう。

どんな目で、ぼくを見ていたんだろう。

大きな目？　小さな目？　つりあがった目？　垂れさがった目？

目……目……包帯の下に、無数の目……。

あれ、寝《ね》ぼけたな。ぼくはいま、寝ぼけた。

ああ、眠《ねむ》い。もうだめだ。ぼくは、寝る。今夜はもう、寝る……。


「吉留くん？　なんでいるの？」

きのうと同じ〈透明人間《とうめいにんげん》〉状態であらわれた浅窪くんは、路線バスの案内板の前に立っていたぼくに気づくなり、そういった。

ぼくが待っていたことに、驚《おどろ》いているらしい。とりあえず、あいさつをした。

「おはよう、浅窪くん」

「ああ、うん、おはよう……っていうか、きのうだけじゃなかったんだね」

なるほど、とぼくはすみやかに理解する。いるとも思っていなかったぼくが、きのうの待ち合わせと同じ時間、同じ場所にいるのを見つけたことに対して、浅窪くんは驚いていたのか、と。

きのうの下校は、いっしょではなかった。曜平くんにつき合わされて職員室にいっていたら、教室にもどったときにはもう、浅窪くんは帰ってしまっていたのだ。それもあって浅窪くんは、いっしょに登校するのは、転入初日のみの特別イベントだと思っていたのかもしれない。

「大俵《おおたわら》駅からのバス組は、四十四分か五十九分のどちらかに乗らないと間に合わないからね」

二分の一の確率で同じバスに乗ることになるのだから、ぼくがここで浅窪くんがくるのを待っていたのは、そんなに深い意味があることじゃないんだよ、とぼくはいったつもりだった。そのほうが、浅窪くんにとって負担にならないんじゃないかと思ったからだ。

「……ごめんね。二択《たく》だったのに、きみと同じほうを選んでしまって」

どうやら浅窪くんには、そうは聞こえなかったらしい。

いやいや、そうじゃなくって！　と説明するのも無粋《ぶすい》な気がして、省略することにした。

「いこうか。バス、きちゃうから」

ぼくにはどうも、この傾向《けいこう》があるらしい。曜平くんにも指摘《してき》されたことがある。『藍堂はちょっと説明不足なときあるからな』と。要するに、わざわざ言葉で説明しなくてもこれはわかってもらえるはず、と勝手に思いこんで、さっさと次の行動に移ってしまうところがある、ということだ。

もしかして、いまのもそんな感じだったかな、と内心ひやりとしながらも、足早にバス停へと向かった。

2

意外にも、最初に〈透明人間《とうめい》〉をイジりはじめたのは、雲野《うんの》くんではなかった。

だれ、とひとりだけ名前をあげるのはむずかしい。だれからともなく、という感じだったからだ。

それは、体育の時間にはじまった。だれからともなくはじめたあの遊びにあえて名前をつけるとしたら、〈透明人間ごっこ〉になるだろうか。

その幼稚《ようち》な遊びは、こんな感じではじまる。トップバッターは、手もとが狂《くる》ったふりをしただれかだ。まずは、バレーボールを浅窪くんの背中にわざとぶつける。それから、おおげさに騒《さわ》ぎ出《だ》す。『えっ？　なになに、いまのボールの動き！　なにかにぶつかったっぽい動きしなかった？』という具合に。まわりの数人が、『見た見た！』『変な動きしてたよな！』などと調子を合わせ、最後の仕上げに、『透明人間でもいたんじゃないの？』と浅窪くんのそばにいただれかが、彼《かれ》の顔のすぐそばで、ひらひらと手を泳がせてみせる。

どっ、とみんなで笑う――。

ぼくがボールを拾いにいくほんのわずかなすきにその寸劇はおこなわれ、浅窪くんのそばにぼくがもどると、なにもなかったことになる。もちろん、指導教員がそばにいるときにも、それはおこなわれない。

本当のことを知っている曜平くんは、きっとそんな遊びには加わりたくなかったのだと思う。いつのまにか、体育館からすがたを消してしまっていた。さすが曜平くん、自由と平和を愛する男子中学生だ。

自分発信じゃないイジりには混ざりたくなかったのか、雲野くんも〈透明人間《とうめい》ごっこ〉には近寄ろうとはせず、いつもの仲間たちとふざけ合いながら、サーブの練習をしていた。

ぼくと曜平くん、雲野くんとその仲間たちのほかにも、ざっと十人ほどが、〈透明人間ごっこ〉には加わっていなかった。あの幼稚《ようち》な遊びに興じていたのは、クラスの半数以下だったということだ。

それでも、ため息は出てしまう。名門校の誉《ほま》れ高《たか》い経世中学に通う生徒とは思えないレベルの低いその行為《こうい》に、ぼくはただただあきれるしかなかったし、おそらく、浅窪くんも怒《いか》りや悲しみを感じるよりも、くだらないなあ、と思っていたにちがいない。

これまでにない失望をクラスメイトたちに感じながら体育の授業を終えたぼくは、ぞろぞろと渡《わた》り廊下《ろうか》を進むクラスメイトたちの最後尾《さいこうび》に、浅窪くんとならんでつづいていた。だれもうしろをふり返ってはいない。それぞれにつれだっているだれかの顔を見ているか、前を見ているか、顔をうつむかせているかだ。

ぼくは浅窪くんに、ぽつりと告げた。

「気にしなくていいよ。彼《かれ》らもいまはただ、もの珍《めずら》しいだけだろうから」

浅窪くんは、理知的でおだやかな、耳心地《みみごこち》のいい声で、きみも、と答えた。

「あんまり気にしないで。ぼくならだいじょうぶだから」

それって、と顔を横に向けながら、きく。

「アメリカにいたときにも、似たようなことがあったっていうこと?」

包帯とマスクと前髪《まえがみ》で覆《おお》いかくされた浅窪くんの顔には、とうぜんのようになんの変化も見られない。あいかわらず、声だけが聞こえてくる。

「似たようなことっていうか、いわゆるいじめというのか、迫害《はくがい》というのか、そういうものならずっとあったよ」

迫害《はくがい》、という言葉の強さに、ぼくはちょっとショックを受けてしまった。

「迫害……」

思わずそうつぶやいたぼくに、浅窪くんは、ちょっと笑ったようだった。口もとを覆《おお》っているマスクが、わずかに震《ふる》えたのがわかる。

「ぼくがいたのはアメリカだから、人種差別がゆるやかだっていわれている地域でも、いまだになにかあると、有色人種はあっさり差別の対象になる。クラス内の階級も、人種にかかわらず、しっかりあるしね。日本の学校にもあるでしょ？　ヒエラルキーのトップにいるのはイケてる子たち、みたいなやつ。日本人なうえに、ぼくはこれだから」

これ、といいながら、浅窪くんは包帯でぐるぐる巻きにされた顔を指さした。

どう返事していいのかわからない。それは大変だったね、と背中をさするようなことをいうのもちがう気がするし、いまどき差別なんて！　と拳《こぶし》をにぎって憤《いきどお》るのもちがう気がする。それはそのまま、ぼくが差別というものに肌《はだ》で触《ふ》れたことがない証《あかし》のようなものなのかもしれなかった。

足もとが急にぬかるんだような気がして、なにかにつかまりたくなる。思わず立ち止まってしまった。浅窪くんも、足を止める。

体育館と校舎とをつなぐ屋外の渡《わた》り廊下《ろうか》のちょうどまん中あたりで、ぼくたちは立ち止まるかっこうになっていた。

そこに――、

「おい」

背後から、声がかかる。

ふり返ると、となりのクラスの何人かが、かたまって立っていた。さっきまで合同で体育の授業を受けていた中の何人かだ。

「おまえさ、本当はなんの病気なわけ？」

進み出てきたのは、一年生のときに同じクラスだった曽田《そだ》くんだった。

「可視化不全症候群《かしかふぜんしょうこうぐん》なんて病気、いくら調べても出てこないんだけど」

曽田くんとは、雲野くんといっしょによく遊んだ。遊ぶといっても、学校帰りに大型書店に寄ったり、休日に博物館にいったりするくらいだったけれど。

クラスが分かれてからは、たまに廊下で立ち話をする程度の関係にはなってしまったものの、仲が悪くなったわけではない。その曽田くんが、ぼくのことなんて目にも入っていない、という顔で、浅窪くんをにらみつけている。そのことに、ぼくは驚《おどろ》いていた。そもそも曽田くんが、だれかに向かって、おい、なんて声をかけるのを聞いたことがなかったし、おまえ、なんて呼び方をするタイプでもない。

「本当は、かくしておいたほうがいいような、なんかヤバい病気なんじゃないの？」

曽田くんのうしろから、「うつる系とか」とだれかがいった。こちらを見ている複数の目に、共通したものが見えかくれしているのに気づく。

あっ、と声をあげそうになった。

これか、と。

これが……差別。

架空《かくう》の存在みたいに思っていたものが、まるでパニック映画のモンスターのように、見慣れた景色の中にいきなりすがたをあらわしたようだった。

「Congenital lack of visualization syndrome」

浅窪くんが唐突《とうとつ》に、なめらかな英語でなにかをいった。思わず小さな声で、えっ？　といってしまう。曽田くんたちも、えっ？　という顔をしていた。

「日本語以外の言語でも検索《けんさく》してみた？」

曽田くんが、わずかに目を見開いたのがわかった。浅窪くんに指摘《してき》されたとおり、日本語以外では検索《けんさく》していなかったらしい。

「症例《しょうれい》の少ない病気だから、英文の文献《ぶんけん》しかないと思うよ、たぶん」

ばつが悪そうに、いこう、と目配せし合った曽田くんたちが立ち去っていくのを、ぼんやりと見送った。

そうか……。

これが、そうなのか……。

体中の皮膚《ひふ》が、びりびりと感電したようになっている。手足が壊死《えし》してしまったんじゃないかとこわくなるくらい、指先の感覚もない。

「だいじょうぶ?」

浅窪くんの声に、はっとなった。

だいじょうぶ、と答えることが、どうしてもできない。

だまってうなずくのが、やっとだった。


ぼくは、差別を知っているつもりだった。

野之・ト・ナカの描《えが》く作品の中には、とうぜんのように存在しているものだったし、巳波さんが自分のために——いまではぼくのために——書いている《サニーの黙示録》の続編の中でも、サニーはつねに〈異物〉だ。もといた世界でも、相棒のパンダとともに生きている世界でも、サニーはまわりから、自分たちとはちがうもの、として警戒《けいかい》されつづけている。

ぼくはサニーが好きだ。サニーの気持ちなら、わかっているつもりでいた。理由もなく傷つけられる場面に遭遇《そうぐう》するたび、ぼくまで傷つけられた気分になって、怒《おこ》ったり、泣きそうになったり、パンダの登場を祈《いの》ったりしてきたのだから。

それなのに……。

「どうした、藍堂。靴《くつ》、ないの？」

下駄箱《げたばこ》の前で、ぼーっと立ちつくしていたぼくの肩越《かたご》しに、曜平くんが顔をつき出してきた。曜平くんのほうがぼくより頭ひとつ分は背が高いので、やすやすとそんなことができる。

「あるじゃん、ちゃんと」

「うん……」

別にぼくは、自分の靴《くつ》がなくて途方《とほう》に暮れていたわけではなくてね、と説明したかったけれど、なんだかその気力がなかった。無言のまま、通学用のローファーを取り出して、スノコの向こうに置く。いつも見ている玄関《げんかん》ホールの床《ゆか》の色が、みょうに薄汚《うすよご》れているようにに感じた。ぼくの目がおかしくなったのか、本当に床が汚れているのか、判断がつかない。

「浅窪は？」

ぼくのローファーのとなりに、曜平くんのローファーが置かれた。腰《こし》をかがめていたぼくのとなりで、曜平くんも腰をかがめる。

「藤巻《ふじまき》先生に職員室に呼ばれたから、教室で待っててねっていったんだけど」

「帰っちゃってた？」

「たぶん。いなかったから」

「ふうん」

ぼくたちはほとんど同時に立ちあがって、そのままいっしょに歩き出した。曜平くんは自転車通学組なので、自然と自転車置き場に向かって歩く。

「体育のときのこと、気にしちゃってんのかな」

曜平くんは、〈透明人間《とうめい》ごっこ〉のあとのことを知らない。二組の曽田くんたちがわざわざ渡《わた》り廊下《ろうか》で呼びとめてまで、浅窪くんに病気の真偽《しんぎ》をたしかめたことは。

「曜平くんは、ぼくの好きなおとなになると思うな、きっと」

「は？　藍堂の好きなおとな？　なんの話？」

「ぼくの好きなおとなはね、『あのころはよかった』っていわない人」

「ああ、同窓会とかで、『あのころにもどりたいなあ』とかいう人な」

「ならないでしょ？　曜平くんは」

「どうだろう。ならずにすんだらいいけど」

「ならないよ、ぜったいに」

屋根つきの自転車置き場には、数人の上級生たちがいた。その中のひとりが、なにかを思い出したような顔でぼくを見ている。

「包帯くんといっしょにいた子だよね？」

話しかけてきた。

包帯くん。上級生の中では、そう呼ばれているのか。

「あれってさ、マジで病気なの？」

答えないわけにもいかない。ぼくは、はい、とうなずいた。

「皮膚《ひふ》が透明《とうめい》っぽく見える病気って聞いたんだけど」

透明っぽく、というか、本当に透明なんだけど。

「皮膚病ってこと?」

「皮膚病とはちょっとちがうみたいです」

「ふうん……っていうか、うつんないの?」

「うつりません」

感染《かんせん》の危険がある病気なら、飛行機に搭乗《とうじょう》できないから日本に帰ってこられないし、学校に通う許可だっておりないよ。経世中学の生徒なんだから、ちょっと考えればそのくらいのことはわかるでしょ……。

「きみ、お世話係なんだよね。こわくない? だいじょうぶ?」

最後にちょっとだけ、上級生らしくぼくを気遣《きづか》う言葉が出た。この『だいじょうぶ?』にだけは、きっぱりはっきりと、『だいじょうぶです!』と答えなければ。

立てつづけにぼくに質問をしていた上級生が、いきなり、あ、といった。ほかの上級生たちも、なにやらぼくと曜平くんのうしろに目をやっている。肩越《かたご》しにうしろを向いたとたん、ぼくも、あ、といってしまった。

「浅窪くん……」

「ごめん、こっちにいくのが見えたから」

それでここにいる、と説明してくれたようだった。

「ぼくこそ、ごめん。教室にいなかったから、先に帰っちゃったかと思って」

「校長先生に呼ばれて、ちょっと教室から離《はな》れてたんだ。それでいきちがっちゃったのかも」

「そうだったんだ。もうちょっと待ってればよかったね」

ぼくと浅窪くんが話しているあいだ、上級生たちはだまってようすをうかがっていた。息をのんでいるような、そんな感じで。

「もういいですか？」

曜平くんが、いつのまにか出してきていた自転車のかたわらに立ち、上級生たちに声をかけた。

「あ、お……おう」

ぼくに質問をしていた上級生が、いっていいぞ、というように片手をあげてみせた。とまどっているのが、丸わかりな顔だ。

歩き出して、すぐ。

「転入生！」

上級生のひとりが、浅窪くんに向かって呼びかけた。包帯くん、ではなく、転入生、と。

自転車を押《お》して歩く曜平くんをまん中にして横ならびになっていたぼくたちは、いっせいにふり返った。

「こまったときには、ゴマちゃん先生がいるから！」

浅窪くんが、だれのこと？　というようにぼくと曜平くんのほうに顔を向けてくる。あとで説明するね、とひそめた声で答えると、ぼくは体ごと、くるっとうしろを向いた。

「ありがとうございます！」

そういって、一礼した。浅窪くんの代わりに、そうしたかったのだ。もちろん、ぼくのためにも。

だって、その名前も知らない上級生は、うちの学校の生徒にとってはなかばお守りのような、『こまったときには、ゴマちゃん先生』を浅窪くんに教えてくれたのだから。

名前も知らない上級生は、ちょっと恥《は》ずかしそうな顔をしながら、うんうん、と軽くうなずいてくれていた。

正面に向き直ったぼくは、ああいう人もいる、と、ひとつのみこんだ。

「じゃあ、オレはここで」

校門を出たところで、曜平くんが自転車にまたがった。自宅までは四十分近くかかるらしいのだけど、満員電車に乗るよりはマシだ、という理由で、二年生になってからは自転車通学を通している。

バス停まで歩く道すがら、ゴマちゃん先生のことを浅窪くんに説明した。みんなからはものすごくたよりにされている先生で、ぼく自身もいちばん好きな先生なのだと。

「……会ったかも、その先生なら」

「そうなんだ」

「校長室にいく途中《とちゅう》で、廊下《ろうか》で声をかけてきた先生がいたんだけど、その人がそうなんじゃないかな」

「ちょっとゴマフアザラシっぽかった？」

「ゴマフ？　……ああ、うん、たしかにちょっとアザラシっぽかったかも。少しぽっちゃりしてて、坊主頭《ぼうずあたま》で」

「うん、ゴマちゃん先生だね」

浅窪くんは、へえ、あの人が、とつぶやくようにいった。

「なにか話した？」

「まだ慣れないよね？　とか、包帯のストックなら保健室にもたくさんあると思うよ、とか、そんな感じのことだけ」

なんとなくだけど、浅窪くんはもしかして、ゴマちゃん先生にあまりいい印象を持たなかったのかな、と感じた。

まさかそんな、と思う。ゴマちゃん先生にかぎって、と。そう思いながらも、帰国子女の浅窪くんには、また少しちがった感じ方があるのかもしれないな、と深くは考えなかった。

バス停に着く。先客は、紫《むらさき》っぽい服装をした老婦人がひとりだけ。そのうしろに、ぼくたちもならんだ。

浅窪くんが、ぼくのほうに顔を向けながらきいてくる。

「きみはぼくの病気のこと、検索《けんさく》してないの？」

病気、という言葉に反応したのか、老婦人がぼくたちのほうに顔をふり向けた。とたんに、ぎょっとした表情を見せる。ぼくは、老婦人の顔を浅窪くんに見せたくない一心で、

「あのさ！」と大きな声を出した。

「駅までは歩いても二十分くらいだから、きょうはちょっと歩いてみない？」

浅窪くんは少し考えこむようなようすを見せてから、「いいよ」と答えた。

3

結果的に駅までの二十分は、ぼくたちにとって貴重な二十分になった。

いろんな話ができたからだ。

バスだと、駅まではほんの七、八分で着いてしまう。突発的《とっぱつてき》に歩いていくことにしたおかげで、ぼくたちにはその二倍以上もの時間がもたらされたのだった。

ぼくが浅窪くんに話したのは、ぼくの顔が両親のどちらにも似ている、というどうでもいい話と、《フーアーユー？》がどれだけおもしろい小説か、という話、それから、週に一度、釣《つ》り堀《ぼり》で鯉《こい》を釣っている話。

浅窪くんがぼくに話してくれたのは、両親の離婚後《りこんご》はアメリカ在住の伯母《おば》の養子になり、いまは母方の祖母の家で暮らしているという話、半年前までアメリカ人の彼女《かのじょ》がいたという話、あとは、親友だったコヨーテの話。

ココーテというのはあだ名で、ヒスパニック系の移民だったそうだ。同じように差別を受けている同士、いつのまにか仲よくなって、なにをするのも、どこにいくのも、ずっといっしょだったらしい。

そのコヨーテが、ある日、急にいなくなってしまった。浅窪くんは驚《おどろ》いて、あちこちさがし回ったのだけれど、だれも彼《かれ》のことを知らないし、彼が住んでいたはずの家も、もぬけの殻《から》だった。

そうしてやっと、浅窪くんは気づいたのだという。ぼくはもう、子どもじゃなくなったんだ、と。

イマジナリー・フレンド。

日本ではあまり知られていないけれど、子どものころにできやすい、空想上の友人のことをそう呼ぶそうだ。

コヨーテは、現実には存在していない友だちだった。もしかすると、ミラも自分の頭の中にしかいないんじゃないか、とこわくなったらしい。ちなみに、ミラというのは浅窪くんのひとつ年上だった元カノのことだ。彼が日本人なことも、顔を見られないことも、まったく気にしない女の子だった、とのこと。

さいわいなことに、そちらは実在していた。いまでもたまに、友人同士としてメッセージのやり取りはつづけているそうだ。

とにかく、いろいろな話をした。

いろいろな話をして、おたがいのことを知る。それは、読書のようなものだとぼくは思った。浅窪くんは《吉留藍堂》を読み、ぼくは《浅窪沙斗《さと》》を読んだのだ。

ぼくはしみじみ、勉強がよくできるだけの平凡《へいぼん》な男子中学生だったけれど、十四歳《さい》なのにもう元カノがいたり、イマジナリー・フレンドだったコヨーテとの別れを経験している浅窪くんはまるで小説の主人公のようで、その読後感といったら、〈とっておきの一冊を見つけてしまった!〉以外のなにものでもなかった。話せてよかった、本当に。こんな機会をくれた見ず知らずの老婦人に、感謝したくなったくらいだ。

過去は変えられる、とパンダがいっていたのを思い出す。

——だれかにひどいことをされて、なかったことにしたい、と思ったとしても、それがきっかけで踏《ふ》み出《だ》せなかった一歩をもし踏み出せたなら、あってよかった過去になる。そうは思わないかい、サニー。

お風呂《ふろ》に入って、ドライヤーで髪《かみ》を乾《かわ》かして、あしたの授業に必要な予習を終えてから、ベッドに入った。枕《まくら》に頭を乗せて、目を閉じる。うん、と頭の中で小さくうなずく。

いやなことも多かったけれど、いいことも多い日だった。

おまけにこの日の夕食は、ぼくの大好きなたきこみごはんとカジキマグロの煮《に》つけという最高の組み合わせだった！

トータルでめちゃくちゃいい日だったな、と思いながら、早くもやってきた睡魔《すいま》に身を任せようとしていたそのとき。

――ブー、ブー、ブー。

勉強机の上で、充電中《じゅうでんちゅう》の携帯電話《けいたいでんわ》が振動《しんどう》しているのに気がついた。

こんな時間に電話をかけてくるような相手は、曜平くん以外には思いつかない。自転車置き場でのことでなにか話したくなったのかな、と思いながら携帯電話を手に取った。

液晶《えきしょう》画面に表示されている名前を目にした瞬間《しゅんかん》、ぎょっとなる。

「……雲野くん？」

驚《おどろ》きのあまり、ぼくのほうが先に呼びかけてしまった。

「うん、オレ」

「どうしたの？　なにかあった？」

あまりにも予想外の電話だったので、思わず、雲野くんの身になにかあったんじゃないかと心配になってしまう。

「いや……なにかあったってわけじゃないんだけど」

長くつづく沈黙《ちんもく》があって、さらに大きなため息があって、やっと雲野くんは話し出した。

「だいじょうぶなの？」

「え？」

「あいつ」

「あいつって、浅窪くんのこと？」

「ほかにだれがいんの？　藍堂がいっしょにいてヤバそうなやつって」

まさかぼくのことを心配して電話してくれたの？　えー、うそでしょ？　なんで雲野くんが……と頭の中でぶつぶついいながら、優等生時代の雲野くんが極度の心配性《しんぱいしょう》だったことを思い出す。

いっしょに登下校していたころ、うちの学校の近所で通《とお》り魔《ま》殺人事件があった。雲野くんは、角を曲がるたびにぼくをうしろ手で制しながら足を止めて、ようすを見てからまた歩き出す、ということをくり返していて、いくらぼくがだいじょうぶだよ、といっても、

『殺されちゃった人だって、まさか自分が殺されるなんて思ってなかったのに殺されたんだぞ』といい返してきて、結局、バス停にたどり着くまで、いつもの倍以上の時間がかかってしまったのだけど、ああ、そうか、ああいうときにもぼくは雲野くんにうまく同調できていなかったんだな、といまになって思う。

雲野くんには、地震《じしん》を異常にこわがるようなところもあって、それをみんなにちょっとからかわれる場面に遭遇《そうぐう》したこともあった。あのときはたしか、ぼくもみんなといっしょに、へいきだよ、地震なんてそうしょっちゅうあるものじゃないんだから、と笑っていたような気がする。雲野くんを安心させてあげたくて。でも、それはぼくが勝手にそう思っていただけで、雲野くんにちゃんと説明してそうしたわけじゃなかった。

傷ついていたのかもしれない。腹を立ててすらいたのかもしれない。

当時はまるで気がついていなかったけれど、なぜだかいまのぼくにはわかる。ぼくにも原因はあったのかもしれない、と。あのころはただ、雲野くんが脱《だつ》・優等生をした結果、ぼくとは距離《きょり》ができただけだと思っていたけれど。

「なんかさ、浅窪の病気のことで気になる情報が回ってきてんだけど」

「情報？　どんな？」

「藍堂はケータイだから知らないと思うけど、先天性可視化不全《せんてんせいかしかふぜん》だっけ？　あの病気がホンモノなのかどうか調べてるやつらがいるらしくて」

二組の曽田くんたちのことだろうか。

「その結果がさ、続々と流れてきてんだよね」

ぼくがやっていないSNSでの話らしい。

「ホンモノじゃないって疑ってるってこと？　みんな」

「うーん、まあ、ホンモノじゃないかどうかっていうよりは、くわしいことが知りたいって感じなんじゃない？　いきなり皮膚《ひふ》が透明《とうめい》に見える病気っていわれても、なじみがなさすぎだし」

どうもそこが、かえって話をむずかしくしているような気がしなくもない。

いっそ浅窪くんの病気は、皮膚が透明っぽく見える皮膚病なんかじゃなくて、周囲の人間がそのすがたを目にすることができなくなる状態なんだと、具体的に説明してしまったほうがいいんじゃないだろうか。そのほうが、ますますみんなをこわがらせてしまう？

わからない。ぼくには、浅窪くんをこわいと思う気持ちがないから。

「とにかく、ざわついてるのはたしかだから。藍堂も、気をつけたほうがいいぞ」

気をつける……なにを？

ああ、そうか、とすぐに答えを見つける。みんなが浅窪くんに、いまよりもっと明確な感情——それも、すごくよくない感情を持ってしまったときに、お世話係としてそばにいるぼくにもその影響《えいきょう》がおよぶかもしれないぞ、と雲野くんはいったのだ。

「雲野くんも……」

「え？」

「病気のことがもっとくわしくわかったら、浅窪くんのこと、イジるの？」

「イジんないよ。さすがに範疇《はんちゅう》じゃないっていうか。よくわかんないけど」

「そう」

病気はイジれない、ということらしい。

ちょっとだけ、ほっとした。

「……そういえばさ」

電話の向こうから、布と布がこすれるような音が聞こえてきた。ベッドの中からの電話なのかもしれない。

「あそこにはまだ通ってんの？　藍堂」

「あそこ？」

「なんだっけ、えーっと、《鯉屋《こいや》》？」

「《兎屋》ね」

そうだった。雲野くんには話したことがあったんだった、《兎屋》のことを。そのうちいっしょにいこうね、といっていたことも、あわせて思い出す。

「そうそう、《兎屋》だ。兎が釣《つ》れるわけでもないのに」

兎が釣れる釣《つ》り堀《ぼり》。

想像したらおかしくて、ちょっと笑ってしまった。

そっか、と思う。

ぼくは話したことも忘れてしまっていたのに、雲野くんは《兎屋》のこと、覚えててくれたんだ……。


翌朝。

雲野くんの電話は、ある意味、予言のようなものになってしまった。

きっと雲野くんにそんなつもりはなかったんだろうから、結果的にそうなった、というだけのことだ。

三日目にして、ようやくぼくと浅窪くんはおたがいに驚《おどろ》くことなく、そこにいるのが当たり前の相手として、「おはよう」といい合って、バスに乗りこむことができていた。

乗車中の気軽な談笑《だんしょう》。流れていく窓の向こうの景色。あとから乗ってきた妊婦《にんぷ》さんに、ほぼ同時に席をゆずろうとして、お礼をいおうとしたその妊婦さんが浅窪くんの顔を見たとたんに漏《も》らした、ひ、というか細い声。タイミングばっちりの、ぼくたちのアイコンタクト。自分たちはもうそんなこともできるようになったんだ、と確認《かくにん》できた瞬間《しゅんかん》の大きなバスの揺《ゆ》れ――よろめいて、ぼくたちは笑い合った。

廊下《ろうか》を歩いているときに、〈子どもの世話をたのまれたお父さんが、赤ちゃんのタイツをうまくはかせられなくて、結果的に両手ごとすっぽり胸まで引きあげた状態にしてしまった画像〉の話を浅窪くんがしてくれて、ぼくも父親に似たようなことをされた記憶《きおく》があったので、その話をしながら教室の戸を開けた。ぼくは笑っていて、浅窪くんも笑っていた。

画像……ああ、そうだ、写真！　浅窪くんに、写真を見せてもらおう。写真でなら、彼《かれ》の顔を見ることができるのだから。興味本位でいい出したことだと思われたらいやだから、ずっといえずにいたけれど、いまのぼくならそれをたのんでもだいじょうぶなはずだ。

友だちの顔を見てみたい、と思うのは、少しもおかしな気持ちじゃない。よし、あとでたのんでみよう、と思いながら、ぼくは戸の向こうに足を踏《ふ》み入《い》れた。

なかば鼻歌まじりに教室に入っていったところで、ようやくぼくはさとることになった。雲野くんのいったとおりになったぞ、と。

教室に入っていったぼくと浅窪くんを、そこにいたみんながいっせいに見ていた。信じられないものを見る目で見よう、と事前にみんなで打ち合わせしていたとしか思えない目つきで。

もちろん、全員ではなかったのだと思う。同じ動作をした人が多かった、というだけで、ひとり残らず、というわけではなかったはずだ。それでも、大多数による同じ動作というのは相当なインパクトを感じるものらしく、ぼくの心臓は、恐竜《きょうりゅう》にでも出くわしたかのようにばくばくしはじめていた。

「おは……よう」

とりあえず、うしろの戸のいちばん近くの席にいた駒田《こまだ》くんに声をかけてみた。駒田くんとは、ほとんど毎朝、おはよう、といい合っている。駒田くんは決まって、右手を軽くあげながら、おはよう、という。

駒田くんは、顔をうつむかせたまま、ぽつんとそういっただけだった。おはよう、もない。右手もあがっていない。

「……うん」

そのやり取りだけで、了解《りょうかい》です、という気持ちになった。

ぼくのほうが、先に席に着く。二列向こうの窓ぎわの席に、少し遅《おく》れて浅窪くんが腰《こし》をおろす。

きのうとまったく同じように座《すわ》った、きのうとまったく同じ席なのに、きのうまでとはまるで座《すわ》り心地《ごこち》がちがっていた。別の椅子《いす》に取りかえられてしまったんじゃないかと思うほどだったけれど、もちろん、そんなわけはない。変わったのは椅子じゃなく、ぼくのほうだ。なにがあったのかは知らないけれど、ぼくたちは異物になっていた。〈ここにいるのがおかしいもの〉に、たった一夜にしてなってしまったのだ。

「おはようございまーす」

教壇側《きょうだんがわ》の戸が開いて、藤巻先生が入ってきた。いつもならまだ騒《さわ》がしいはずの教室が静まっていることに、「うん？」と反応する。

「どうしたあ？　どっきり企画《きかく》が進行中か？」

藤巻先生の軽口に、だれもリアクションしない。その時点で、藤巻先生は察していてもいいはずだった。浅窪くんのことで、なにかあったのだと。

「……うお、反応うすっ！　ま、いいけど」

ま、いいけど、で藤巻先生は流してしまって、いつもどおりの一日がはじまった。

ぼくは、机の上の自分の手をじっと見ている。自分の手じゃないみたいだ、と思いながら。

サニーのために何度となく願ったことを、馬鹿みたいだけど自分のために願った。

お願い、パンダ。

助けにきて。

世界が急に変になっちゃったんだ。

いますぐここにきて、ぼくたちを助けて！

……わかってる。

パンダはこない。

パンダはサニーの相棒だ。サニーはぼくのいるこの世界の住人じゃない。

ああ、いやだ。ぼくってこんなに弱かったんだ。こんなのはいやだ。ものすごく、いやだ。『これまでのきみは、とんでもなくやさしい世界で生きていただけだったんだよ？』と、いきなりどこかから飛び出してきた邪悪《じゃあく》なピエロに、意地悪く告げられたような気分だった。

「えーと、そんなところかな。じゃあ、きょうも一日、がんばりましょう、ということで」

教室を出ていく前に発した藤巻先生のその声を、はじめてぼくは、うっとうしい、と思った。

曜平くん風にいうなら、うざ！　だ。

ぼくはまだ、自分の手を見ている。

ただ、じっと見ている。

きのうの夜のあいだになにが起きてしまったのか、くわしいことは最初の休み時間が終わる前に知ることができた。

図書委員の坂田《さかた》くんが教えてくれたのだ。

坂田くんはまず、目配せでぼくを廊下《ろうか》にいかせると、遅《おく》れて教室から出てきた。無言のまま図書室へと誘導《ゆうどう》したあと、人目がないのを確認《かくにん》してからぼくを中に引き入れて、そこでようやく、「やばいぞ、藍堂」と話し出したのだった。

きのうの夕方から、先天性可視化不全症候群《せんてんせいかしかふぜんしょうこうぐん》について調べはじめる人が相次いであらわれて、その結果を報告し合う、という流れができたのは、雲野くんが教えてくれたとおり。

その後、日本語の検索《けんさく》ではなかなか出てこなかった研究論文や、ずばりそのものの症状《しょうじょう》に苦しんでいる人が書いているブログまで見つかったらしく、大騒《おおさわ》ぎになったらしい。

「とにかく、みんなビビっちゃっててさ」

「ビビるって？　なににビビってるの？」

「だって、包帯ほどいたらマジで透明《とうめい》人間なわけじゃん。浅窪の脳から特殊《とくしゅ》な脳波が出てて、近くにいる人間は否応《いやおう》なく影響《えいきょう》受けるんだろ？　そりゃビビるって。目の前にいても、まったく見えないって話らしいじゃん。っていうか、藍堂は知ってたの？」

「うん、まあ」

「知ってたんだ」

「だって、別に浅窪くん、ふつうに病名いってたし、最初からかくしたりしてなかったよね？」

「いやいやいや、先天性可視化不全症候群《せんてんせいかしかふぜんしょうこうぐん》って聞いただけで、マジの透明《とうめい》人間ってわかるやついないでしょ。藤巻先生だって具体的な説明とかしてくんなかったし」

「まあ、くわしくは話さないほうがいいって思ったのかもね」

「あー……トッシュなら、なくもないかも。生徒同士で自然と仲よくなって、それから徐々《じょじょ》に理解していったほうがうまくいくと思ってさ、みたいな？　いまは個人情報に気をつけないといけないから、先生からはちょっとなあ、とかね。いいそうだなあ、トッシュ」

坂田くんは、黒いスチールフレームのメガネのまん中を人差し指で軽く押《お》しあげながら、トッシュのことはどうでもいいんだけど、といったあと、さらに声をひそめた。

「ステルスくんに、なにされるかわかんないとかいい出してるやつもいてさ」

ステルスくん？

「なに？　ステルスくんって」

「透明人間《とうめいにんげん》くんの新しいあだ名。マジで透明人間らしいぞってだれかがいいはじめたころから、ステルスくんって呼ぶ流れになってさ」

レーダーでは捕《と》らえられない軍用機——ステルス機のステルスらしい。

「っていうか、なにされるかわかんないってどういうこと？」

「だって、やりたい放題じゃん。透明人間だったら」

「やりたい放題……って、こっそり家に忍《しの》びこむ、とか？」

「そうそう。見られたくないもん見られたりとかさ」

ぼくには思いついてもいなかったことだったので、ちょっとあっけにとられてしまった。だってそれは、漫画《まんが》やアニメに出てくる〈透明人間〉のやることだ。創作の中の〈透明人間〉なら、異性が入浴中と知ればのぞきにいくかもしれないし、秘密をさぐる目的で背後からこっそりパソコンの画面を盗《ぬす》み見《み》たりもするかもしれないけれど、浅窪くんは生身の人間なのだ。現実の世界に生きている、常識も分別もあるただの中学二年生が、そんな犯罪まがいなことをするわけがない。いくらやりたい放題だとしても、だ。

　自分がもしそうなら、と考えてみれば、すぐにわかる。たとえ自分の体が完全に無色透《とう》明《めい》で、ぜったいにだれからもすがたを見られることはないのだとしても、他人の家に忍《しの》びこむのはいけないことだとわかっているし、そもそも招かれてもいない家に勝手に入るのは単純にこわい。人の秘密をこっそりのぞくのも罪悪感なしに決行できるようなことではないし、のぞき見たその秘密に、ひどい気分にさせられてしまうかもしれない。

　なにひとつ、いいことなんか起きそうにないではないか。漫画《まんが》やアニメで〈透明人間〉が楽しんでやっているように見えているのは、あくまで虚構《きょこう》の世界の中でおこなわれていることだからだ。みんなが心配しているのはそういうことであって、どう考えても悩《なや》む必要のない悩みとしか思えない。

「……うちの学校って、本当に頭のいい中学なのかな」

　ぼくがぼそりとそうつぶやくと、「こらこら」と坂田くんにたしなめられた。

「それ、みんなの前でいうなよ。藍堂の立場もいま、けっこうヤバいから」

「なんでぼくまで？」

「すんなり仲よくなってるのが、みんなちょっと納得《なっとく》いってないんじゃない？　いくら藍堂でも、マジの透明人間とあそこまでふつうに接するのっておかしくないか、みたいな」

「おかしいと、どうなるの？」

「藍堂にも近づかないほうがいいんじゃないかって空気になりつつある」

「えー……なにそれ」

正直、脱力《だつりょく》しそうになった。浅窪くんとふつうにつきあうのはおかしいって？　どうして気づかないんだろう。浅窪くんを〈透明人間《とうめいにんげん》〉だと思うからそういう考えになるんだってことに。浅窪くんは、〈透明人間〉じゃない。先天性可視化不全症候群《せんてんせいかしかふぜんしょうこうぐん》っていう病気を抱《かか》えた、ただの転入生だ。そこをまちがって考えているから、むやみにビビってしまう。

たとえ全身が無色透明だとしても、漫画《まんが》やアニメに出てくる〈透明人間〉のやるようなことを、浅窪くんがやるわけがない。一度でもちゃんと彼《かれ》と話してみれば、すぐに理解できるはずだ。なんだ、こういうやつか、だったらビビることなんかないじゃん、と。

それだけの話だ、とぼくは思う。

「……でも、みんなはそう思えてないからやっかいなんだよなあ」

書架《しょか》の横壁《よこかべ》に額を押《お》しつけながら、はあ、と大きくため息をついた。

「でさ、藍堂。オレは藍堂のこと避《さ》けたいとか思ってるわけじゃないんだけど、しばらくは、なんか用があるときは夜メールで送って。ね？　オレを助けると思って」

はいはい、と頭の中でうなずく。これまでどおり、ふつうにぼくとしゃべったりしてると、坂田くんまでこっち側になっちゃうもんね。

「わかった。学校では話しかけないようにするよ」

「助かる！　ありがとな、藍堂。じゃあ、先にいくわ」

坂田くんは、だれもいない図書室の中をきょろきょろと見回してから、忍《しの》び足《あし》でぼくから離《はな》れていった。悪気はないことが、その言動の端々《はしばし》に感じられて、坂田くんを恨《うら》めしく思う気持ちは少しもわいてこない。

ただ、ほんの少しの情けなさを感じたこととと、おとなになったぼくはきっと、このクラスの同窓会には出席しないだろうな、という、わりとはっきりとした予感を抱《いだ》いたことは、そう簡単には忘れられそうになかった。

4

やっときた。

きてくれた。

金曜日だ。

遭難中《そうなんちゅう》に見つけた山小屋に向かう心境で、ぼくは《兎屋》への道を歩いている。

浅窪くんのことは、誘《さそ》おうかどうしようかぎりぎりまで迷ってから、誘わないほうを選んだ。浅窪くんが、ぼくといっしょにいるのをなるべく避《さ》けようとしているのがわかっていたからだ。

きのうの朝なんて、わざわざぼくの携帯電話《けいたいでんわ》に、きょうはちょっと寄るところがあるから先にいってて、なんていう見えすいたうそのメールが届いていた。しかたなくひとりで登校したものの、すでにぼく自身も、〈ここにいるのがおかしいもの〉——異物になってしまっているので、せっかく浅窪くんが別行動を取ってくれたところで、登校中に顔を合わせたクラスメイトたちが声をかけてくるようなこともなかったのだけれど。浅窪くんの気遣《きづか》いに、あまり意味はなかった、というわけだ。

さすがに浅窪くんも、二日つづけてのうそのメールは気が引けたらしく、今朝は路線バスの案内板の前で待ち合わせをしてからいっしょに登校してきたのだけれど、校門をくぐったところで、浅窪くんの〈本日のお気遣い〉が発動された。あからさまにぼくとは距《きょ》離《り》を置いて歩こうとしたのだ。

そんなことをされたいとは思っていなかったので、すかさず、『ぼくには気を遣わないでいいんだからね』といってみた。返事は『うん』だったものの、浅窪くんはそれからも、ぼくが近づこうとするとさりげなくどこかにいってしまったり、休み時間がはじまるやいなやすがたを消してしまったりするのをやめてくれていない。

ぼくを巻きぞえにしてしまったことを申しわけなく思っているのが、丸わかりの行動だった。そんな浅窪くんを寄り道に誘《さそ》ったりしたら、断る分の申しわけなさをさらに感じさせてしまうことになる。

浅窪くんを《兎屋》に誘わない、という苦渋《くじゅう》の決断をしたぼくは、ホームルームのあとのざわつく教室の中で、『図書室に寄ってから帰るね』と告げた。『うん、わかった』とうなずいて、通学バッグを肩《かた》にかけた浅窪くんが教室を出ていくのを見送るあいだ、ぼくは息をしていなかったような気がする。

そのうしろすがたが廊下《ろうか》に消えた瞬間《しゅんかん》、空気人形の空気がぷしゅーっと音を立ててぬけていくような深呼吸をした。

ちょっと前までのぼくなら、空気人形になってしまうほど苦しくはならなかったのかもしれない。もう少し客観的に、滅入《めい》るなあ、と思うくらいですんでいたのかもしれない。だけど、ぼくはもう、知ってしまっている。浅窪くんには、いまも交流がある元カノがいることを。コヨーテという空想上の友だちとのつらい別離《べつり》があったことも。

ぼくはもう、《浅窪沙斗》を読んでしまったあとのぼくなのだ。だから、苦しい。すべての空気がぬけ切って、しなしなになってしまったところから、少しずつ少しずつ空気を吸いもどしながら、ぼくは学校をあとにした。

そうしていまは、《兎屋》への道を足早に歩いているのだった。

二年一組の状況《じょうきょう》は、悪化の一途《いっと》をたどっている、といってもいいすぎではない。

先天性可視化不全症候群《せんてんせいかしかふぜんしょうこうぐん》という病気が、擬似的《ぎじてき》な〈透明《とうめい》人間〉ではなく、まさしく透明人間そのものの症状を持つものだと知ってからというもの、みんなは浅窪くんを、〈いない人〉にしてしまったのだ。

体育館でバレーボールを使っておこなわれたあの幼稚《ようち》な遊び、〈透明人間《とうめい》ごっこ〉なんて、いま思えばかわいかったくらいだ。そのときはまだ、浅窪くんは二年一組の中に存在していた。いまは、存在すらしていない。だれも彼《かれ》に近づかないし、見もしない。彼がいないものとして行動する以外に、自分の身を守るすべはない、と信じ切っているかのように、二年一組のみんなは、閉じたシャッターの向こう側にかくれてしまった。みんなとはかくれる理由が少しちがうのだとしても、曜平くんもやっぱり、シャッターの向こう側だ。出てくる気配はない。

浅窪くんは、ホンモノの透明人間になってしまった。だれにも見えない、だれからも存在を認識《にんしき》してもらえない、無色透明の人間にされてしまったのだ。

二年一組のみんながそうなってしまってすぐ、浅窪くんはぼくにいった。

『きみも、無理しないでいいからね。ぼくはだいじょうぶだから』

ぼくはすぐに、『ぼくもだいじょうぶだよ』と答えたのだけれど、浅窪くんは、なにもいわずに顔をうつむかせていただけだった。きみは藤巻先生にお世話係をたのまれてるんだもんね、と思われてしまったのかもしれない。そんなのきみの本音じゃないでしょ、と。

　ぼくの言葉が足りなかったのかもしれない。だいじょうぶだよ、だけじゃなく、もっといい答え方があったのかもしれない。そう思ったりもするのだけど、いまだにどう答えればよかったのかはわかっていない。もっといい答え方ができていたなら、浅窪くんはぼくに気を遣《つか》った行動を取るようになったりはしなかったのかもしれないのに。

　さかのぼれば、いくつもいくつも思いあたることがあった。もしかしたら浅窪くんにはちゃんと伝わらなかったかもしれない、とうすうす気づきながらも、そのままにしてしまったぼくの言動の数々に。

　その場ですぐに、そうじゃなくてね、といえていたなら。その場ですぐに、なにか気になってるの？　ときけていたなら。

　ちょっとずつの積み重ねで、《吉留藍堂》は浅窪くんにとっての〈とっておきの一冊を見つけてしまった！〉にはなり損《そこ》ねてしまっていて、だから、まだ友だちにもなっていない人を巻きぞえにするわけにはいかないな、と思われてしまったのかもしれない。

　ぼくはいつもそうだ。

　すごく時間が経《た》ってからじゃないと、気づかないことが多い。父親がいうとおり、ぼくは〈おっとり屋さん〉なんだと思う。〈おっとり屋さん〉にはいい意味もあるけれど、悪い意味もある。人よりいろいろなことが遅《おく》れがち、という意味だ。

いつもの看板の下をくぐって、大きな木箱のような管理人室の前に立つ。

「こんにちは」

いつものように目の下をぷっくりとふくらませた《兎屋》のおじさんが、「よう、ランドンくん」といいながら、顔をのぞかせた。

「きょうも一時間？」

「はい、一時間でお願いします」

五百円玉と引きかえに、釣《つ》り竿《ざお》とエサを受け取って、釣《つ》り堀《ぼり》へと向かう。

ぽつぽつといるお客さんの中に、まずはミチオさんを見つけた。ぺこりと頭をさげる。

いつもの、にぎにぎ、が返ってくる。つづけて後藤《ごとう》さんを見つけたので、近くにいってから「こんにちは」と声をかけた。

「こんにちは、藍堂くん。きょうも一時間？」

「はい。後藤さんは、何時からいるんですか？」

「きょうはね、三時ごろからきてるかな」

「釣《つ》れましたか？」

「ほら、見て」

ビールケースに腰《こし》かけた後藤さんの、黒い細身のパンツの足もとに置かれたバケツをのぞきこむと、赤と黒のまだら模様のが一匹《ぴき》、まっ黒なのが一匹、合わせて二匹の鯉《こい》が泳いでいた。

「上々ですね」

「うん、上々」

奥《おく》の角に、巳波さんがいるのに気がついた。

「じゃあ、またあとで」

後藤さんに一礼してから、歩き出す。

何歩か進んだところで、「藍堂くん！」と呼び止められた。

「はい」

立ち止まってふり返る。

後藤さんは、華奢《きゃしゃ》な銀縁《ぎんぶち》メガネの奥から、射貫《いぬ》くようにぼくを見ていた。

「だいじょうぶ？　なにかあった？」

「えっ……」

いったい、後藤さんはぼくのどこを見て、そんなことをいってきたのだろう、と不思議になる。ぼくはいたって、いつもどおりのつもりだった。

「だいじょうぶ……です」

けど、といいかけたところで、湿気《しっけ》を帯びた風がやんわりと吹《ふ》いて、後藤さんの明るい色の髪《かみ》が、ふわっとふくらんだ。男の人にも見えないし、女の人にも見えない後藤さんが、ぼくを見ている。なにかを待っているように、ぼくを見ている。

ぼくは本当に、だいじょうぶなのか？

ここで、だいじょうぶじゃないです、と答えたら、相手を心配させるだけだぞ、と思って、ほとんど反射的に、だいじょうぶです、と答えているのはいつもどおりだとして。

本当にだいじょうぶなんだろうか、この『だいじょうぶです』は。

「……後藤さん」

「うん？」

ためしに、いってみようか。

だいじょうぶじゃないですって。

どうしていきなり、そんなふうに思いついてしまったのかはわからない。後藤さんがぼくのことをよく知らない人だから？　そうかもしれない。ぼくがなにをいっても軽く聞き流してくれて、ほどほどの心配をさせるくらいですむにちがいない、と頭のどこかで予想していたから、なのかもしれない。

「たぶん、なんですけど」

後藤さんは、釣《つ》り竿《ざお》を垂らした姿勢のまま、顔だけぼくのほうに向けている。

「ぼくはいま……こまっています」

ええっ？　とちょっとかすれた声でいって、後藤さんがビールケースから立ちあがる。

釣り竿を足もとに投げ出すようにして、ぼくのそばまで駆《か》け寄《よ》ってこようとする。

予想に反して後藤さんの反応は、ほどほど、なんかじゃなかった。一大事が起きた、とばかりに、あわてふためいている。そのすがたに、なぜだかぼくは、待って！　と叫《さけ》びたいような気持ちになった。

待って、後藤さん！

そんなふうに近づいてこないで。ぼくの中から、あふれ出しそうになっているものがあるから。ほんのちょっとのきっかけで、決壊《けっかい》しそうになっているのがわかるから。

後藤さんの顔が、目の前に迫《せま》った。

「こまってるって、なに？　どうこまってるの？」

その声の真剣《しんけん》さに、ゆらっと視界が揺《ゆ》らいだようになる。

だめだぞ、ぼく。これ以上は、だめだ。顔見知りの中学生が目の前で泣いたりしてみろ。そんなことをされたおとなが、どれだけびっくりするかわからないわけじゃないだろう？

「ちが……いました、ぼく、じゃなくて」

「え？」

「こまってるのは、ぼくじゃ……」

ちがう。

ぼくだ。

こまっているのは、ぼくだ。

浅窪くんもこまっているかもしれないし、藤巻先生だってこまっているのかもしれない。これまで平和そのものだったのに、想定外の転入生の登場で心を乱されている二年一組のみんなだってこまっているのかもしれない。

でも、ぼくだってこまっている。

どうすればいいのかわからなくて、こまり果てている。浅窪くんは〈透明人間《とうめいにんげん》〉でもなければ〈包帯くん〉でもなくて、〈ステルスくん〉でもないってことを、どうすればみんなにわかってもらえるのか。浅窪くんに変に気を遣《つか》わせないでいっしょにいるためにはどうすればいいのか。なにがどうなるとぼくは、気づかなくちゃいけないときに気づける人間になれるのか。

いまのこのもやもやした気持ちをなくせる方法が、いまのぼくにはさっぱりわからなくて、途方《とほう》に暮れている。

「ぼく……」

「うん」

「ぼくは……」

後藤さんの明るい色の髪《かみ》が、ふわりふわりと風に揺《ゆ》れている。こんな場面を、見たことがある気がした。

「ゆっくりでいいから。ね？　藍堂くん。話せるようになってからで――」

ああ、そうだ。

信じていたワニに裏切られて、飼育用の人間小屋に入れられてしまったときに、サニーが見た光景によく似ているんだ。

先にとらえられていた、パーマ頭の見知らぬおばさんとふたり、サニーは沈《しず》む夕日を眺《なが》めている。

『こわいだろ？　無理もない』

おばさんは、サニーを気遣《きづか》う。

サニーは意地っ張りだ。こわくても、こわいだなんて簡単にいわない。

『こわくない』

『お嬢《じょう》ちゃんは、やさしい子なんだねえ』

どうしてそんなことをいわれるのか、サニーにはわからない。パーマ頭のおばさんは、夕日に染まった明るい色の髪《かみ》を、夜の気配をまとった風に、ふわりふわりと揺《ゆ》らしている。

『おばさんをこまらせたくないから、こわくないだなんていうんだもんねえ』

サニーはこのとき、はじめて声をあげて泣く。

おかしな世界にきてしまったことを知っても、意地の悪いラクダにひどいことをいわれても、パンダとはぐれてしまっても、信じていたワニに裏切られても、ぜったいに泣かなかったサニーが、はじめて泣く。

パーマ頭のおばさんの、ふわりふわりと揺《ゆ》れる明るい色の髪《かみ》を見つめながら。

——うわああああん。

そう、こんなふうに大きな声をあげて。

「わああん、うわあああん」

あれ？

なんだろう、この泣き声。

サニーの泣き声？

まさか。

サニーは本の中にしかいない。

ここにいるのは……。

「ら……んどうくん？　えっ、ちょっ……どうし……だ、だいじょうぶ？　藍堂くん」

うろたえている後藤さんの声で、ようやくぼくは気がついた。これ、ぼくの泣き声じゃん、と。

泣いていたのは、ぼくだった。うそみたいに大きな声で、うわあん、うわああん、と泣いている。

聞いたことのない声が、どこからか聞こえてきた。だれかがだれかに怒《おこ》っている声だ。かすかすで、どうにかしてしぼり出しているような声だった。

「こらあっ！」

「こおーらあーっ」

はっ、と目を見開くと、血相を変えたミチオさんが駆《か》け寄《よ》ってくる途中《とちゅう》だった。手には釣《つ》り竿《ざお》をにぎったままで、しかも、まさかのタイミングで釣れたばかりだったらしく、釣り糸の先にまっ赤なのが一匹《ぴき》、引きずられてもいた。

ミチオさんは、途中にあったビールケースも蹴《け》り飛《と》ばして、一目散にぼくたちがいるところに向かってきている。

「えっ、えっ、あ、うそ……」

あまりの迫力《はくりょく》に、後藤さんも動揺《どうよう》してしまっているようだった。ぼくを背中にかばうようにしながら、ファイティングポーズらしきものを取っている。

ミチオさんがぼくと後藤さんのところにたどり着くのと同時に、もうひとり、駆け寄ってきていた人がいた。

「ちょっとちょっと、みんないったん落ち着こうか。ね?」

巳波さんだった。

ぼくを背中にかばう後藤さんを、さらに自分の背中にかばうようにして、ミチオさんとのあいだに体を割りこませている。

ミチオさんは、ふっ、と魂《たましい》がぬけていったような顔をして、ふらりとぼくたちに背中を向けた。いつも背負っている赤いキルティングのナップザックが目に入る。黒いマジックで書かれた、ミチオ、の文字。

釣《つ》り糸《いと》の先でびちびちと暴れていた鯉《こい》を見つけたらしいミチオさんが、糸の先まで歩いていく。慣れた手つきで釣り針をはずすと、釣り堀《ぼり》に向かって、ぽいっと鯉を放った。なにごともなかったかのように、すいーっと泳ぎ出す。

巳波さんがミチオさんのすぐ横を通って、倒《たお》れていたビールケースのところまで足早に進んだ。それを片手にぶらさげてもどってくると、ミチオさんのそばにそっとおろして、

「どうぞ」と声をかける。ミチオさんが腰《こし》をおろすのを見届けてから、ようやく巳波さんは、ぼくと後藤さんに向き合った。

「で、どうしたの？」

巳波さんにそうたずねられて、先に答えたのは後藤さんだった。

「自分のきき方が悪かったんだと思います。いきなり、『だいじょうぶ？　なにかあった？』なんてきいちゃったから」

そうなの？　というように、巳波さんがぼくを見る。

「後藤さんは、悪くないです。後藤さんは悪くなくて……」

ミチオさんだって、悪くない。ぼくが泣き出したのにびっくりして、駆《か》けつけようとしてくれただけだ。

じわ、とまた、涙《なみだ》がにじんできた。

「ぼくは、ただ……」

ぽた、ぽた、ぽた、と白っぽいコンクリートの上に、小さな丸いしみができていく。ぼくのこぼした涙の痕跡《こんせき》だ。

ときどきしゃくりあげながらも、ぼくはどうにか、巳波さんたちに話すことができた。

先天性可視化不全症候群《せんてんせいかしかふぜんしょうこうぐん》という病気を抱《かか》えた転入生のこと。はじまってしまったクラス全体での彼《かれ》への拒絶《きょぜつ》。どうすることもできず、ただただ金曜日を楽しみにしていた〈おっとり屋さん〉な自分。

きょうまでのできごとの中の、なにがぼくをそんなに泣かせたのかは自分でもよくわからなかったので、とりあえず、思いあたることは全部、話してしまった。

「ふう……」

ようやく嗚咽《おえつ》もおさまったので、大きく深呼吸をした。胸の中の空気がされいさっぱり入れかわったような気がして気持ちがいい。ビールケースに座《すわ》っているミチオさんのすぐそばに、ぼくたちは輪になって立っていた。

「あるんだ、そんな病気が」

ぼそりと、巳波さんがいう。

「あるんですね」

そう答えたのは、後藤さん。ミチオさんは、だまって釣《つ》り堀《ぼり》のほうに顔を向けている。

「びっくりしますよね」

「びっくりしますすね」

「オレたちだってびっくりするんだから、中学生なら、もっとびっくりするでしょうね」

「しないわけがないですよ」

ぼくはというと、泣きやんだあとのちょっとだけ心地《ここち》のいい倦怠感《けんたいかん》のようなものにひたりながら、暮れはじめのまだらな空をぼーっと見上げている。

まわりには、オレンジ色の雲の群れを背にしたマンション群がぐるりとそびえ立っていて、ぼくたちはまるで、時空のひずみの底にいるようだった。

――ぽちゃん。

釣《つ》り堀《ぼり》から、鯉《こい》の作ったあぶくがはじける音が聞こえてきた。

『きみはいい子だな、ランドンくん。ずっと我慢《がまん》していたんだね。本当はだいじょうぶじゃなかったのに。きみのようないい子には、もっとお似合いの世界があるよ？　ついてくるかい？』

水面《すいめん》から、ちょっと珍《めずら》しいチョコレート色の鯉――専門用語では茶鯉《ちゃごい》や銀鱗《ぎんりん》茶鯉というらしい――が顔をのぞかせて話しかけてくる。

ぼくは、ううん、と首を横にふった。

『どうして？　きみは、《フーアーユー？》の主人公のように摩訶不思議《まかふしぎ》な別世界にいってみたくて、この釣り堀に通ってたんじゃないのかな？』

チョコレート色の鯉のいうとおりだ。そんなことあるわけがない、と思いながらも、ぼくはずっと待っていた。水面《すいめん》から顔を出した鯉《こい》が、いきなり人の言葉をしゃべり出して冒《ぼう》険《けん》の旅にいざなってくれるのを。

でも、だって、とぼくはチョコレート色の鯉に答える。

『いけないです』

『どうして?』

『ぼくまでいなくなったら、浅窪くんがひとりぼっちになってしまうし……』

『ほんの数日、お世話しただけの転入生じゃないか』

『そうですけど……それはそうなんですけど、それでも、いなくなったりはしたくないんです』

『急に大声で泣き出してしまうくらい、きみを悩《なや》ませているクラスメイトたちがいる世界なのに?』

『はい』

『そっちにいたら、いつまで経《た》っても〈おっとり屋さん〉のままかもしれないのに?』

ぼくは、『それでも! です!』とチョコレート色の鯉にきっぱりと答えた。

『それでもぼくは、いまはこっちにいたいんです』

『どうして？　理由はなんだい？』

『そんなの……わかりません。そう思うから、としか答えられません』

『ふうん、そうかい……残念だな。せっかく迎《むか》えにきてあげたのに』

最後にもう一度だけ、水面《すいめん》からの音を聞く。ぽちゃん。視線を、目の前にいる巳波さんと後藤さんにもどした。

先に目が合った後藤さんがいう。

「とにかく、話してくれてよかった」

どういう意味だろう、とぼくが考えこんでいると、巳波さんが説明してくれた。

「本当はだいじょうぶじゃないのに、だいじょうぶって思いこんだまま、いつもどおりの自分でいようとしつづけるのは、ちょっとよくないことだったかもねってこと」

「どう……よくないんですか？」

「大きな声で泣いちゃえばすんだかもしれないことが、それじゃすまなくなっちゃったり、とかね」

なんだかそれだと、まわりにいる人を心配させるとわかっているのに大声で泣いてしまうことが、ちっとも悪いことじゃないみたいに聞こえる。

ぼくがそういうと、後藤さんと巳波さんがほとんど同時に、「だから！」「それは！」とそれぞれにいった。あ、どうぞ、というように、『だから！』をいったほうの巳波さんが、『それは！』をいった後藤さんにその先をいう権利をゆずる。すみません、じゃあ、と小さく会釈《えしゃく》をしてから、後藤さんはぼくに向き直った。

「大きな声で泣くことは、ちーっとも悪いことなんかじゃないんだよ？　藍堂くん。もちろん、目の前にいる子が急に泣き出したりしたら、だれだって心配はする。でもね、こまってることがあるのに我慢《がまん》しつづけて、藍堂くんの心や体が病気になっちゃうことのほうが、きみのまわりにいる人たちはずっとずっとこわいと思う」

後藤さんは、ぼくの顔をのぞきこむようにして、軽く首をかしげてみせた。ふわり、明るい色の髪《かみ》が揺《ゆ》れる。

「話してみてどう？　少しだけでも、だいじょうぶになった？」

ぼくは、よくよく考えてみた。自分の気持ちに目を細めるみたいにして。

よくよく考えてから、答えた。

「……はい、なりました」

ぼくの世界にパンダはいない。

でも、後藤さんはいる。

ミチオさんもいる。

巳波さんもいる。

週に一度、釣《つ》り堀《ぼり》で顔を合わせているだけの中学生が急に泣き出したとき、少なくとも三人のおとなが、話を聞こうとしてくれたり、血相を変えて駆《か》けつけてくれたり、異変を感じて仲裁《ちゅうさい》に入ってくれたりした。

結局、ぼくは途方《とほう》に暮れたままで、小説の中の場面転換《てんかん》みたいに、日付が変わったら急に問題が解決していて、主人公はすっきりさっぱり前向きになっている、なんてことにはならないとしても。

ヒントは、もらえたような気がしている。

具体的になにをどうすれば事態がよくなるか、というアドバイスをもらったわけではないし、ぼく自身、よし、あしたからこうしよう！　となにかひらめいたりもしていないわけだから、あしたになってもきっと、ぼくはナチュラルボーン優等生で〈おっとり屋さん〉なぼくのままだ。ほぼほぼきょうのぼくのまま、あしたやあさって、来週の月曜日、さらにその先に向かって進まなくちゃいけない。そんなぼくにとって、このヒントがあるのとないのとでは、なにかがちょっとちがうんじゃないのかな、と思う。お守りがあるかないか、くらいのちがいかもしれないけれど、お守りはまちがいなく、あれば安心なものの代表だ。

「彼《かれ》は、いる」

1

月曜日の朝、あろうことかぼくは、玄関《げんかん》を出てすぐのところで転倒《てんとう》してしまった。

これまで一度だって踏《ふ》みはずしたことのなかった小さな段差で、足首をぐにゃ、とやって、そのまま横倒《よこだお》しになったのだ。

いっしょに玄関を出てきて、ついでに庭の花壇《かだん》に水をやっていた母親が、たまたまその場面を目撃《もくげき》していたせいで、近所の整形外科《せいけいげか》につれていかれるはめになってしまった。病院までは車で五分ほどなのだけど、診察時間が九時からなので、登校時間に間に合うように学校にいくことはできなくなる。

「あ、もしもし、浅窪《あさくぼ》くん？」

泣く泣く浅窪くんのスマートフォンに電話をかけた。番号を交換《こうかん》しておいて本当によかった、と思いながら。

もちろん、この時間ならまだ、電車に乗る前だと計算しての電話だった。

「おはよう、吉留《よしとめ》くん。どうしたの？」

「あ、おはよう。えっと、じつはね、ついさっき玄関の前で転んじゃって、近所の整形外《せいけいげ》科《か》にいくことになったんだ」

「えっ、だいじょうぶなの？」

「足首をひねっただけだから、ぜんぜんだいじょうぶなんだけど、念のためレントゲンを撮《と》っておいたほうがいいって母親がきかなくって」

「そうなんだ。じゃあ、きょうはお休み？」

「あ、ううん。ぼくはいくつもり。まちがいなく、ただの捻挫《ねんざ》だし。でも、待ち合わせには間に合いそうにないから」

「ああ、それで……うん、わかった。先にいってるね。わざわざありがとう」

浅窪くんは最後に、「お大事に」といってから、ぼくとの通話を終えた。そうか、怪我《けが》をした相手には、お大事に、なのか。親がだれかにいっているのを耳にしたり、文章で目にしたりはしてきたものの、同級生の口からその言葉が出るのを聞いたのは、はじめてだった。最初の電話で『おやすみなさい』をいわれたときにも、おおっとなったのを思い出す。

やっぱり浅窪くんは、そこはかとなくかっこいいというか、背伸《せの》びしてる感じがなくおとなっぽいというか、話したあとに自分までちょっと特別な中学生になったような気持ちになるんだよな、と思う。みんな、本当に一度ちゃんと浅窪くんと話してみればいいのに。つくづく、もったいない。

九時ちょっと前に、母親の運転するフィアットで、近所の整形外科に向かった。

「藍堂《らんどう》が佐々木《ささき》先生のところいくのって、いつぶりだっけ？」

「えーと、小五のときかな？　足の裏にトゲが刺《さ》さってぬけなくなっちゃって……」

「あー、あったあった！　あったねえ。あのときが最後か。お母さんとお父さんは、肩《かた》こりの治療《ちりょう》でしょっちゅういってるけど、藍堂に会うのは久しぶりなんだね、佐々木先生」

たしか、ものすごいおじいちゃん先生だった気がする。母親は、いかに佐々木先生がたよりになる素晴《すば》らしい先生かという話を延々としていたけれど、ぼくは車窓の眺《なが》めに目をやりながら、浅窪くんのことを考えていた。ひとりで教室に入っていくの、いやじゃなかったかな。だれもあいさつしなかったんだろうな。窓ぎわのあの席に座《すわ》ったあとは、きょうもまた〈いない人〉あつかいのままなんだろうな……。

先週の金曜日、《兎屋《うさぎや》》のおとなたちからもらったお守り。

浅窪くんにもあげられたらいいのにな、と思う。もちろん、わかってはいるんだけど。いっしょに神社にいって、お金を払《はら》えば手に入れて帰ってこられるようなものじゃないってことは。

後藤《ごとう》さんたちがぼくにしてくれたことが、そのまま浅窪くんにとってもお守りのようなものになるとはかぎらない。それはもう、よくわかっている。ぼくにとっての後藤さんたちと、浅窪くんにとっての後藤さんたちは、まるきり別の小説の中に出てくる登場人物のようなものなのだから。

「はあ……」

思わず、ため息が出た。

「あ、やっぱり痛くなってきたんでしょ。ほらあ、お母さんのいったとおりになった。あとから痛くなってくるもんなんだよ、そういうのって」

なんできょうにかぎって転んだりしたんだろう。しかも、母親の目の前で。

「聞いてる？　藍堂」

「聞いてるよ」

ほかのこと考えながらだけど。

まさかの一時間。

佐々木整形外科《せいけいげか》で待たされた時間だ。

肩《かた》こりや腰痛《ようつう》で悩《なや》む人たちに評判のいい病院で、予約がないと、とにかく待つらしい。いっておいてくれたら、もっと本格的に抵抗《ていこう》したのに、と思いながら、国語の教科書を隅《すみ》から隅まで読んで、ひたすら呼ばれるのを待った。

そうしてやっと受けることができた診断《しんだん》の結果は、軽度の捻挫《ねんざ》。佐々木先生からは、『心配性《しんぱいしょう》なお母さんだとたいへんだね』というお言葉をいただいた。ついでに、『骨を見た感じだと、藍堂くんは姿勢さえ気をつければかなり背が伸《の》びそうだ』という情報もいただけたのは、まさかの二時間を耐《た》え切ったご褒美《ほうび》のようなものだろうか。

患部《かんぶ》に湿布《しっぷ》を貼《は》ってもらって、念のためサポーターもつけてもらってから学校に向かうことになったのだけど、そこでちょっと一悶着《ひともんちゃく》あった。母親が、車で学校まで送るといい出したのだ。

カフェオレ色のフィアット——次はSUVがいいなあ、という父親の希望は聞き入れられることなく、母親の一目惚《ひとめぼ》れで購入《こうにゅう》された車だ——の前で、しばし、話し合いがつづいた。

「よっぽどのことがないかぎり、うちの学校は車での送迎《そうげい》は禁止されてるんだってば」

「知ってるよ、それくらい。だから、学校の近くではおろさないっていってるじゃない。ね？　それならだいじょうぶでしょ？　バス停の手前くらいでおろしてあげるから」

「近くじゃなければいいとか、そういうことじゃないでしょ。決まりなんだから、ちゃんと守らないと」

「もー、藍堂はいい子すぎ」

「悪いこと？」

「え？」

「いい子なのは、悪いことなの？」

「そんなことないけど……」

「じゃあ、ぼくはそこのバス停から大俵《おおたわら》駅までいって、そこで乗りかえて学校にいくから。いいよね？」

「えー？　いっちゃうのお？」

「はい、乗って乗って。お母さんも、ちゃんと気をつけて帰るんだよ。いい？」

しぶしぶフィアットに乗りこんだ母親が、走り出して角を曲がるまで見送ってから、最《も》寄《よ》りのバス停へと急いだ。捻挫《ねんざ》特有の違和感《いわかん》を足首に感じはするものの、歩くのに支障はない。ちょっとだけ、ひょこひょこはしてしまうけれど。

いまならまだ、四時間目には間に合うはずだ。四時間目はなんだっけ？　家庭科か？　そうだ、家庭科だ。とにかく、少しでも早く学校に着きたい。

こんなときにかぎって、バスが遅延《ちえん》していた。あー、もう！　と思わず地団駄《じだんだ》を踏《ふ》みたくなる。もちろん、そんなことはしないのがナチュラルボーン優等生だ。おとなしく、バスがくるのを待った。


予想に反してぼくが学校に着いたのは、四時間目が終わるか終わらないかという、中途《ちゅうと》半端《はんぱ》な時間だった。

教室に寄って荷物を置いたりなんだりしていたら、確実に間に合わなくなってしまう。教室には向かわず、このまま実習室のある別棟《べつむね》の三階へ直行しようかな、と思いながら下《げ》駄箱《たばこ》に通学用のローファーをしまったところで、四時間目の終了《しゅうりょう》を知らせるチャイムが鳴り出した。

「あちゃあ……」

だれもいないのをいいことに、母親の口癖《くちぐせ》を声に出してつぶやいてみた。

しかたがないので、教室に向かうことにする。廊下《ろうか》を歩き出すのと同時に、各教室から飛び出してきた生徒たちで、みるみるうちに校舎全体が騒々《そうぞう》しくなってきた。四時間目の授業が終われば給食の時間なので、しばらくはどの階の廊下も、沸騰《ふっとう》した湯沸《ゆわ》かし器《き》のようになったままだろう。

授業を終えて階段をおりてくる先生たちと、すれちがうたびに会釈《えしゃく》をしながら、二年一組のある二階へ向かう。途中《とちゅう》でうちのクラスのだれかが追いぬいていくかも、と思っていたのだけれど、そんなことはなかった。

教室の戸を開けても、とうぜんのように室内はもぬけの殻《から》だ。きょうのぼくは配膳係《はいぜんがかり》ではないので、先んじて給食の準備をしておくわけにもいかない。自分の席に腰《こし》をおろして、みんながもどってくるのを待った。

なにも考えずに、ぼーっと座《すわ》って待つ。五分ほどそうしていただろうか。おかしいな、と気づく。いくら家庭科の実習室があるのが別棟《べつむね》の三階だといっても、五分経《た》ってだれももどってこないというのは、さすがにおかしい。四時間目に家庭科の授業があるときは、一刻も早く給食の時間をはじめたい一心で、雪崩《なだれ》のように階段を駆《か》けおりて我先にと教室を目指すのが恒例《こうれい》なのだ。

ぎくり、と音の出るようないやな予感――。

立ちあがった、という自覚もないままに、教室を飛び出す。本校舎と別棟《べつむね》をつなぐ二階の渡《わた》り廊《ろう》下《か》に向かって、ひょこひょこと走った。

家庭科の実習室があるのは、三階のいちばん階段寄りの中庭側だ。別棟の二階の踊《おど》り場《ば》にさしかかったあたりから、わあわあと騒《さわ》ぐ声が上の階から聞こえはじめた。もともと暴《あば》れ狂《くる》っていた心臓の音が、ひときわ大きく、ばくん、と暴れたのがわかる。

実習室の手前側の戸は、開いたままだった。走りすぎて、爆発《ばくはつ》しそうになっている左側の胸を片手で押《お》さえつけながら、室内に踏《ふ》みこむ。

その瞬間《しゅんかん》、ぼくは見た。

大きな窓のこちら側に、鈴《すず》なりになったクラスメイトたちの背中。窓は全開になっていて、雲の浮《う》かんだ青い空が四角く見えている。その青い空にはもうひとつ、浮かんでいるものがあった。まっ白な包帯をぐるぐる巻きにした顔だ。

……ちがう。浮かんでいるんじゃない。沈《しず》みこもうとしている。

ぼくが見たのは、窓の向こう側に倒《たお》れていこうとしている浅窪くんだった。


あるとき、サニーはパンダにきいた。

『むかしのことで、後悔《こうかい》してることってある？』

パンダは笑って答える。

『山のように。でも、遠く離《はな》れたいまは、その山もまた、美しい』

『すぐそうやって変なこといってごまかすんだから』

パンダもたずねた。サニーは？ と。

サニーは、パンダゆずりのぶっきらぼうな口調で答える。

『そりゃあ、山のように、だよ。おかげで、苦しいったらない』

『サニーはまだ、その山を作ってる最中だからさ。作りながら、登ってる。だから、苦しい』

『そんな山、作りたくもないし、登りたくもないんだけど』

『まあ、そういわずに』

サニーは思う。

自分がいま作りながら登っている山になんか、なんの興味もないけれど、パンダが美しい、と思いながら眺《なが》めている山なら、見てみたいかも、と——。

耳もとに、ふっとだれかの息がかかった。はっ、と目が覚めたようになる。

「きょうはもう帰ろう？ ね？ 藍堂」

聞こえてきたのは、母親の声だ。いつのまにかとなりにいて、ぼくの肩《かた》を抱《だ》いているようだった。

ぼくはいま、寝《ね》ていたのか？ いや、寝てはいなかった。ただ、漂《ただよ》っていただけだ。サニーたちがいる世界と、サニーたちがいない世界のはざまを。

近くのベンチに座《すわ》っていた年配の女性が、あわてたようにぼくたちのいるベンチのところまでやってきた。浅窪くんのおばあさんだ。

最初は浅窪くんのお母さんだと思っていたくらい、すらりと背の高い、きれいなおばさんなので、おばあさん、と呼ぶのにものすごく抵抗感《ていこうかん》がある。とはいえ、浅窪くんにとってはおばあさんなので、そう呼ぶしかないのだけれど。

浅窪くんのおばあさんは、少し腰《こし》をかがめるようにしてぼくたちに顔を近づけてきた。

「お帰りになりますか？　でしたら、タクシーをお呼びしますので……」

はじかれたように立ちあがったうちの母親は、いえいえ、といいながら、車のハンドルをにぎるジェスチャーをしてみせる。

「車できましたから。どうぞお気遣《きづか》いなく」

「ああ、そうでしたか」

「浅窪さんこそ、お疲《つか》れになっていないですか？　わたくしどもにできることがありましたら、なんでもおっしゃってくださいね。あ、わたくしの連絡先《れんらくさき》をお知らせしてませんでしたよね？　さしつかえなければ、携帯電話《けいたいでんわ》の番号を――」

保護者同士の話になったようだったので、ぼくはさりげなくそばを離《はな》れて、面会謝絶の表示が出されている病室の前に立った。

浅窪くんはいま、この白い扉《とびら》の向こうにいる。

一命は取り留めたということしか、聞かされていない。くわしい状態はだれもぼくには教えてくれないので、扉が開くのを、ただ待っている。母親がさっき、ご家族以外はもう帰らなくちゃいけない時間なんだって、といっていたような気がする。

……あれ。

どうしてお母さんがここにいるんだっけ？

そもそも、どうしてぼくは病院に？

頭の中が、今朝のぼくの足首のように、ぐにゃ、となりかけたそのとき、

「おー、いたいた、吉留！」

よく通るまろやかな声が、白い廊下《ろうか》の先から聞こえてきた。

坊主頭《ぼうずあたま》に、ちょっとぽっちゃりした体つきのシルエット。ゴマちゃん先生だ。

ふだんから地味な色のスラックスの上に濃紺《のうこん》のコーチジャケットをはおっていることが多くて、まるでそれがゴマちゃん先生の制服のようでもあるのだけど、いまはそこに、右《みぎ》腕《うで》をつっている白い三角巾《さんかくきん》が追加されていた。

「さっき藤巻《ふじまき》先生から、吉留もこっちにきてるって聞いてたな」

小股《こまた》で早足、という独特な歩き方でぼくのそばまでやってきたゴマちゃん先生は、「だいじょうぶか？　うん？」といって、三角巾でつっていないほうの左手で、ぼくの頭をわしっとつかんだ。ぐらんぐらんに頭が揺《ゆ》さぶられる。あんまり大きく頭が揺さぶられたも

のだから、ちょっと笑いそうになってしまった。うちの父親だって、ここまで遠慮《えんりょ》なくぼくの頭をわしづかみにして、ぐらんぐらんに揺らしたりはしない。

ああ、そうだ。

頭を揺《ゆ》さぶられたおかげなのか、いろいろと思い出してきた。

病院に搬送《はんそう》されることになった浅窪くんに、どうしてもつきそうといい張ってきかなかったぼくに根負けした藤巻先生が、いっしょに救急車に乗せてくれたこととか、救急車の中で聞かされた話とか。

三階の窓からうしろ向きに転落した浅窪くんは、中庭にいたゴマちゃん先生に受け止められながら横転したおかげで、地面にたたきつけられずにすんだらしい。どうしてゴマちゃん先生がタイミングよく中庭にいたのかは、よくわからなかった。

あとは……ああ、そうだ。藤巻先生と校長先生が、きょうはもう遅《おそ》いから自宅に帰りなさい、といくら説得しても、がんとしてぼくがいうことをきかなかったせいで、母親が呼び出されたんだった。

ようやく通常モードになった頭で、そうか、それでお母さんまでここに……と納得《なっとく》する。

「あら、近藤《こんどう》先生！　お久しぶりですう」

　ゴマちゃん先生に気がついたうちの母親が、ぴょこぴょこと何度も頭をさげながら駆《か》け寄《よ》ってくる。近藤というのが、ゴマちゃん先生の名字なのだ。下の名前は、敢と書いて、まさかのイサミと読む。そう、ゴマちゃん先生の名前は、カタカナもしくはひらがなで書くと、あの幕末の志士、近藤勇《こんどういさみ》とまるきり同じになるのだった。

「ああ、吉留さん、どうもどうも！　このたびはご足労いただきまして」

「本当にもう、うちの息子《むすこ》がわがままをいいまして申しわけありませんでした」

「あー、いえいえ！　わたしはなにも。藍堂くんのそばにいたのは、藤巻先生ですから。いまは事後の処理もありまして、いったん学校にもどっておりますが、すぐにまたこちらに、ええ、はい」

「息子もショックだったみたいで、いつもなら先生のいうことをきかない子じゃないとは思うんですけど……」

「いやいや、友だちのためならいつもはしないことでもできる、ということじゃないですか！　たいしたもんです！　確実にたくましくなりましたよ、藍堂くんは」

　こちらでもまた、保護者と先生の会話がはじまってしまったので、ぼくはふたたび、一向に開く気配のない病室の白い扉《とびら》に向き直った。

「らんどうくん、とおっしゃるのね、吉留くんは」

いつのまにか、浅窪くんのおばあさん——母方の祖母だそうだ——が、すぐ横にきていた。

「あ、はい！　寺院を意味する伽藍《がらん》の藍《らん》に、お堂の堂と書いて藍堂です。藍のほうはたまに、揺籃期《ようらんき》の籃《らん》とまちがわれることもあるんですけど」

あわてでそう説明すると、浅窪くんのおばあさんが、いきなり笑い出した。

「あの、えっと……」

おかしなことをいってしまっただろうか、とうろたえていたら、「ちがうのよ、あなたがいったことを笑ったんじゃないの」といわれた。

「沙斗《さと》ちゃんがね……あ、沙斗というのは、うちの孫のことですけど」

「はい、知っています。沙悟浄《さごじょう》の沙《さ》に、北斗七星《ほくとしちせい》の……」

「そうそう、それ」

「えっ？」

「沙斗ちゃんが、うれしそうに話していたの。今度同じクラスになる子が、自己紹介《じこしょうかい》したらいきなり名前の書き方をきいてきたんだって。日本人っておもしろいこと気にするんだね、なんていうものだから、わたしね、それはその子がおもしろい子なだけかもしれないっていったの。そしたらあの子、すごく笑って。いっしょに暮らすようになって、あの子がちゃんと笑う声、はじめて聞いたものだから、わたし、とってもうれしかったのよね」

浅窪くんが、そんな話を……。

空に沈《しず》んでいく浅窪くんを目撃《もくげき》してしまったときから、凍結《とうけつ》したようになっていた胸の内側が、やっと少し溶《と》け出《だ》してきたような気がした。

「どんな子なのかしらって、ずっと気になっていたの。そうしたらあなた、伽藍《がらん》はともかく、揺籃期《ようらんき》だなんていい出すんですもの。中学生の男の子の口から、揺籃期なんてむずかしい言葉がさらっと出てくるのがなんだかおかしくて、それで笑ってしまったのよ。ごめんなさいね」

やさしげに垂れたその目尻《めじり》からは、涙《なみだ》があふれ出していた。

「ああ、いやだ、おかしい……うふふ、沙斗ちゃんがおもしろがるわけだわ、ふふ、ふふふ……」

浅窪くんのおばあさんは、笑いながら泣いていて、手に持ったタオルハンカチでときどき無造作に目もとをぬぐうのだけど、すぐにまた、涙でほおが濡《ぬ》れてしまう。

ぼくと浅窪くんのおばあさんとの会話に区切りがつくのを待っていたようなタイミングで、ゴマちゃん先生が声をかけてきた。

「さあ、吉留！　きょうはもう帰ろう。帰ったらしっかり食べて、しっかり寝《ね》て、それでまた、あしたこよう。な？」

ゴマちゃん先生にそういわれてしまったら、そうするしかない、という気分になる。どうしてなのか、なってしまう。

「……わかりました。きょうは、もう帰ります」

あしたまた、こよう。

ぼくは浅窪くんのおばあさんに、深々と一礼した。

2

ぼくが見たあの場面から、五分ほど時間を巻きもどしたころに起きていたことについて、詳細《しょうさい》を知ることができたのは翌日の臨時ホームルームのときだった。

一時間目の英語の授業が、急遽《きゅうきょ》、校長先生やゴマちゃん先生も加わってのホームルームの時間に変更《へんこう》されたのだ。

目的はもちろん、前日に起きた前代未聞《ぜんだいみもん》の大事件についてクラス全員でしっかりと話し合うことであり、ただひとり現場にいなかったぼくへの、当事者たちからの説明も兼《か》ねていた。

「えー、それじゃあ、まずは森近《もりちか》。森近はかなり客観的に当時のことを把握《はあく》できてると思うから、ひととおりの経緯《けいい》を話してもらってもいいかな？」

司会進行は、担任の藤巻先生だ。

指名された曜平《ようへい》くんが、がたん、と椅子《いす》をうしろに引いて立ちあがる。

「えっと、じゃあ、オレが見てた分のことだけ話します」

そう前置きをしてから、曜平くんは話し出した。

――家庭科の授業が終わって、先生が実習室から出ていったあと、いきなり飯島《いいじま》が浅窪につめ寄ったんです。きのうオレの部屋に入っただろって。机の上に置いてあったものの位置が変わってたし、全体的に部屋のようすがちがってたって。

いやそれ、親だろってオレは思いましたけど、飯島は本気でいってるっぽくて、かなりヤバい感じでした。もちろんそんなことはしてないって浅窪は否定したんだけど、そしたら、岡田《おかだ》だっけ？　ああ、ちがう、先に宮下《みやした》だ。宮下が、やってない証拠《しょうこ》はあんのかよ、とかいい出して。で、そうだ、そこで岡田が、病気の話を出したのか。

先週の話なんですけど、なんか急に、浅窪の先天性《せんてんせい》可視化《かしか》不全症候群《ふぜんしょうこうぐん》をわーっとみんなが調べるっていう波がきて。その病名で検索《けんさく》すると、英語の研究論文とブログしか出てこないんですけど、どう読んでみても、マジの透明《とうめい》人間じゃんってことしか書いてないんですよ。そこから一気に、浅窪にかかわるのはヤバいって空気になっていって、お世話係だった吉留も巻きぞえ食って孤立《こりつ》するっていう流れまでできちゃって。なんていうか、ピリピリはしてたんです、クラス全体がずっと。それがこう、飯島のつめ寄りがきっかけで、一気に爆発《ばくはつ》したっていうか。

　ここ数日、浅窪のことをステルスくんって呼ぶやつが出てきてたんですけど、岡田が浅窪にいったのが、どんな状況《じょうきょう》でもずっと無色透明《とうめい》なのか、それとも、ステルス機みたいに条件が整ったときだけ見えないのかが知りたい、手でも足でもいいから、いまここで見せてくれって感じのことで。まったく見えなくて存在を感じないのと、いるのはなんとなくわかるっていうのだと、こっちの心がまえもだいぶちがうからって。

　まあ、それもそうだなって、岡田のいうことは理解できました。オレ自身、そこがはっきりしてれば、変にビビらなくてすむのかな、と思ったんで。

　そこで浅窪が、手の包帯だけでもほどいて見せてくれてたらよかったのかもしれないんですけど、拒否《きょひ》ったんです。あ、拒否したんです。いくら手だけでも、人前で包帯をほどくのは、自分にとっては裸《はだか》になるのと同じことなのでって。

　そういわれればそうなのか？　って感じでしたけど、みんなは納得《なっとく》しなかった。そこは我慢《がまん》して、見せるべきだと。これから同じクラスでやっていく同士として、そのくらいの妥協《だきょう》はしてほしいって、わりと正論なことをいうやつもいて、だんだん、それさえしてくれたら受け入れるよって雰囲気《ふんいき》になっていったんですよね。

それでも、浅窪はいやがった。まあ、浅窪にしてみれば、人前で包帯をほどくのは、服を脱《ぬ》ぐようなものだっていってたわけで、もし自分だったらって考えると、まあ、わからない気持ちでもないな、とは思いましたけど、うーん、でも……あの場を丸く収めるためには受け入れたほうがよかったのかな……いや、でも、うーん……あ、それでですね、飯島が、いきなり浅窪につかみかかったんです。

マスクをこう、はぎ取ろうとして。浅窪は、その手をふり払《はら》って逃《に》げようとしたんですけど、近くにいた何人かが邪魔《じゃま》をして……なんかそこから急に、みんなちょっとおかしくなってったっていうか。

みんなでやればだいじょうぶだから、みたいな感じ？　とにかく、見ててちょっとぞっとする雰囲気《ふんいき》になってて、それで浅窪も必死に逃げて、その逃げた先が、窓ぎわだったんです。調理後だったから窓は全部開いてたし、浅窪ひとりにクラスのほぼ全員——もちろん遠巻きに見てるだけのやつらも何人かはいましたけど、雲野《うんの》たちとか西尾《にしお》とか——がゾンビの群れみたいにたかってて、正直、ホラー映画の一場面みたいでした。取れよマスク！　って怒鳴《どな》ってるやつもいたし、手の包帯を思いっきりひっぱってるやつもいて。マジでちょっとふつうの状態じゃなくなってて、そのテンションで追いつめられたもんだから、自然と窓枠《まどわく》の上に乗っかっちゃってたんですよ、浅窪の体が。

それで、ああもうこれはだめだ、マジでヤバくなってきてるってなって、オレはゴマちゃ……近藤先生を呼びにいくために実習室を出ました。オレが見てたのは、そこまでです。

あとは、近藤先生をつれて別棟《べつむね》にもどる途中《とちゅう》の廊下《ろうか》で、浅窪の体がもう半分以上、窓のこっち側に出てるのが見えて、ふたりで中庭に飛び出してって……で、落ちた！ って思ったら、ゴマちゃん先生が、ぶわっと横っ飛びしてて……。

気がついたら、芝生《しばふ》の上にゴマちゃん先生が右腕《みぎうで》を出しながら横向きに、でろっと伸《の》びてました。浅窪は、その腕のあたりに頭を乗せて、仰向《あおむ》けに倒《たお》れてたのかな。オレはただ、わーっ、わーっていいながら立ってるだけで、なんにもできなかったです。ホント、なんにも。だから……学校の先生ってすげえなって、本気で思いました。近藤先生は、マジですごかったです。


曜平くんが着席するのを待って、藤巻先生が小さくせき払《ばら》いをした。

「森近、ご苦労さま。話してくれて、ありがとうな。で、どうして担任のオレじゃなくて、近藤先生を呼びにいったのかについて、だけど……それは、うん。オレ自身がよく考えなくちゃいけないことだな」

教室内は静まり返っているのだけど、校庭ではどこかのクラスが体育の授業中らしくて、かすかに歓声《かんせい》が聞こえている。つづけて藤巻先生は、教室の後方で、校長先生とならんでパイプ椅子《いす》に座《すわ》っているゴマちゃん先生に呼びかけた。

「近藤先生、まずはお礼をいわせてください。本当にありがとうございました。それから、謝罪をさせてください。うちのクラスの生徒のためにお怪我《けが》までさせてしまって、本当に申しわけありませんでした」

藤巻先生が、深々と頭をさげる。すると、教室の後方から、ガチャガチャドンッ、と派手な音が聞こえてきた。ゴマちゃん先生が、パイプ椅子の上で身じろぎした音のようだ。

「いやあ、そんなそんな。あやまっていただくようなことじゃありませんから」

藤巻先生は、涙目《なみだめ》になりながら顔をあげた。本当にありがとうございます、と消え入りそうな声でもう一度いってから、すん、とはなをすすった。

「えー、森近が話してくれたことで、きのうの四時間目のあと、このクラスの中でなにが起きたのか、改めてふり返ることができたと思う。オレは、だれが悪いとか、そういう話がしたいわけじゃない。ただ、みんなで話してみてほしい。どうしてそういうことが起きてしまったのか。飯島、まずはおまえから、話してみるか？」

ぼくと同じ列の、前から二番目の席にいる飯島くんが、ふるふると首を横にふるのが見えた。

藤巻先生がいったとおり、今回のホームルームは、だれがどう悪かったかを話す場として設けられたものではないはずだ。ならば、飯島くんも思いきって、浅窪くんに対して募《つの》らせてきた恐怖《きょうふ》でも不満でも、なんでもいいから話してしまえばいいのに、と思った。あんなふうに、ただだまって首を横にふるのではなく。

でも、そうはできない飯島くんだからこそ、追いつめられてしまった。追いつめられたから、追いつめてしまった。そういうことなんだと思う。

それはたぶん、ほかのみんなも同じなんじゃないだろうか。

みんなの抱《かか》えていたものが、もしこの場でちゃんと口に出して話せるような気持ちだったら、きのうのあのできごとが起きることはなかった。だれが悪いとか、そういう話をする場じゃないのなら、いまここで話をするべきなのは——。

「先生、発言してもいいですか？」

手をあげたぼくに、藤巻先生がちょっとびっくりしたような顔をしている。

「え、あ……ああ、もちろん」

ぼくは立ちあがり、ひと呼吸置いてから、「後悔《こうかい》は」といった。あれ？　ぼくはいったい、なにを話そうとしてるんだろう、と思いながらも、口が勝手に動いてしまう。

「基本的にはしたくないものだと思います。でも、ぼくはよくします。つい最近も、したばかりです」

浅窪くんの転入初日、大俵駅の路線バスの案内板の前で待ち合わせをしてから登校したことを話した。二日目も同じ時間、同じ場所にいたぼくを見た彼《かれ》が、なんだか驚《おどろ》いているように見えたので、負担に思わせないよう、四十四分か五十九分のバスに乗らないと間に合わないから、と伝えたことも話した。

「浅窪くんは、二択《たく》なのに同じ時間のほうを選んじゃってごめんね、といいました。それを聞いて、負担に思わせないように、と気遣《きづか》ったぼくの真意は伝わっていないんじゃないかと思いました。思ったにもかかわらず、ぼくはそのことを、ちゃんと説明しませんでした。ぼくには、そういうところがあるんです」

つまり、こんなことはいわなくてもわかるに決まっている、という思いこみから、言葉足らずになってしまう場面が、多々あるのだと説明した。

これを聞いて、曜平くんは笑いをこらえているかもしれない、と思った。オレが教えてやったことじゃん、と。

「なにがいいたいかというと、ぼくは浅窪くんに、二択《たく》だからたまたま待ち合わせの場所にいたんじゃないんだよ、ぼくはきみに負担に思われたくなかっただけなんだ、とちゃんと説明しておかなかったことを、すごく後悔《こうかい》したんです。ちゃんと説明しておいたら、ぼくたちはもっと早く友だちになれていたかもしれない。『どうせ吉留くんは先生にいわれてお世話係をしているだけだから』なんて思われている期間を、最短にできていたかもしれない。言葉足らずは、本当によくないです。ぼくは、しょっちゅう後悔しています」

でも、してしまう。

後になって悔《く》やむと書いて、後悔だ。

「浅窪くんが目を覚ましたら、ぼくは伝えるつもりです。ぼくはきみと友だちになりたいって。きみのことを〈透明人間《とうめい》〉だとか〈包帯くん〉だとか〈ステルスくん〉だとかいう人もいるみたいだけど、ぼくにとってきみは〈ただの浅窪くん〉で、ぼくは、〈ただの浅窪くん〉と友だちになりたいんだって。こんなことはいわなくてもわかるに決まっている、という思いこみは捨てて、ちゃんというつもり、なんですけど……はー、うまくいえるかどうか。けっこう恥《は》ずかしいですよね。友だちになりたい、とか。ぼくたちもう、中二だし」

最後はただの不安の吐露《とろ》になってしまった。だめだだめだ、ちゃんとびしっとしめくくらないと。

「とにかく、いつか後悔《こうかい》の山を眺《なが》めるときがきたら、きれいだなあ、とぼくも思いたいので、がんばります！」

藤巻先生が、「うん？」という顔をしているのが視界のはしに入ってきた。教室の中全体が、「うん？」となっていたような気もする。

巳波《みなみ》さんが書いた《サニーの黙示録《もくしろく》》の続編を読んだことのある人にしかわからないことをいってしまったのだから、とうぜんといえばとうぜんだった。

まあ、いい。

ぼくはここで、きちんと意思表明をした。

浅窪くんの友人としていいたいことは、別にある。それはもう、たくさんある。ただ、ぼくはいま、このクラスの一員としての発言をしたのだ。

いろいろあったけれど、ぼくはこのあと、どうするのか。二年一組に籍《せき》を置くひとりとして、話した。

この場にふさわしい話ができたんじゃないかと思う。


きのうと同じベンチに座《すわ》って、ぼくは面会謝絶の赤い文字を見つめている。

白い扉《とびら》は閉《と》ざされたままだ。

何度か先生や看護師さんたちの出入りはあったけれど、浅窪くんのおばあさんにもぼくにも、入っていいですよ、と声がかかることはなかった。

時刻はまだ、お昼の十二時を少し過ぎたばかりだ。ぼくは学校を早退して、病院にやってきていた。もちろん、事前に母親と藤巻先生には相談してあって、了解《りょうかい》は得ている。

きょうだけ、という約束だ。

まだ学校にいっているはずの時間に病院にあらわれたぼくに、浅窪くんのおばあさんはひどく驚《おどろ》いたようすだったので、親にも学校にもちゃんと許可をもらっての早退だと説明した。

浅窪くんのおばあさんとならんで座《すわ》り、〈ぼくが勝手に聞いてしまってもいいのかな、と思うような話〉を、少しだけ聞いた。

浅窪くんの両親は、彼《かれ》が四歳《さい》のときに離婚《りこん》していて、そのさいに、どちらも息子《むすこ》を引き取ることを望まなかったのだという。父親は弁護士、母親はベンチャー企業《きぎょう》の創業者として、忙《いそが》しく働いていたことがその理由だというけれど、忙しく働きながら仲よく暮らしている父子や母子はいくらでもいる。

さいわいなことに、ニューヨークの画廊《がろう》で働いていた父方の伯母《おば》が、養子を望んでいた。浅窪くんはその伯母に引き取られ、関係は良好だったそうだ。

とつぜんの帰国は浅窪くん自身の希望で、一度は日本の学校に通ってみたい、というのがその理由だった。浅窪くんの病気の治療《ちりょう》に一応のメドがついていたこともあり、伯母は期間限定の帰国を許したのだという。厳密にいえば、浅窪くんは帰国子女というよりも、留学生に近い立場だった、ということになるのかもしれない。

娘《むすめ》が手放してしまった息子のことが心配で、彼の伯母とひんぱんに連絡《れんらく》を取り合っていた浅窪くんのおばあさんは、孫に帰国の意思があると知ると、自分の家から通える経世《けいせい》中学を受験させた。晴れて合格し、この六月から待望の日本での生活がはじまった——というのが、これまでの経緯《けいい》になるらしい。

〈ぼくが勝手に聞いてしまってもいいのかな、と思うような話〉を聞かせてもらって、いろいろと頭に浮《う》かんだ質問はあったけれど、じっさいに口に出してきくことはしなかった。浅窪くんのおばあさんをこまらせたくなかったのもあるし、彼《かれ》が望んでの帰国だったことを知れただけでもういいか、という思いもあったのかもしれない。

面会時間が終わる午後七時まで待ったけれど、面会が許されることはなく、結局この日も浅窪くんには会えないまま、迎《むか》えにきた母親のフィアットに乗ってぼくは帰宅した。


浅窪くんが入院してから、三日目。

二年一組におけるぼくの孤立《こりつ》状態は、完全に解除されていた。

なにもなかったかのように、ぼくは今朝、駒田《こまだ》くんと、おはよう、をいい合ったし、坂《さか》田《た》くんからは、以前と変わらない気軽さで、図書室で書架《しょか》の整理をする手伝いをたのまれたりもした。

浅窪くんがいなくなったこと以外は、二年一組はすっかり、通常モードにもどったのだった。

悪く考えれば、くさいものにふたをしただけ、とも取れるし、いいように考えれば、それが駒田くんなりの、もしくは坂田くんなりの、もっといえば、クラスのみんななりの、自分はこれからどうするのか、を考えた結果の行動とも取れる。

通常モードにもどった二年一組に、ぼくも素直《すなお》にもどることにした。駒田くんとは、あしたもきっと、おはよう、をいい合うだろうし、坂田くんにたのまれれば、文句はいいながらも図書室の書架《しょか》の整理を手伝うはずだ。

浅窪くんが入院してから、四日目。

浅窪くんはまだ、目を覚ましていない。

思いきって、ぼくはゴマちゃん先生と話をしてみることにした。ひとつだけ、どうしても腑《ふ》に落ちないでいることがあったのだ。

昼休み、職員室にゴマちゃん先生をたずねた。本当は浅窪くんにきくべきなのかもしれないことを、ゴマちゃん先生にきくためだ。しかたがない。彼《かれ》はまだ目を覚ましていない。

おう、どうしたどうした、といつもどおりに応対してくれたゴマちゃん先生に、思いきってぼくはきいた。なにか浅窪くんがいやがるようなことをいいませんでしたか？と。ゴマちゃん先生は、えぇぇ？　いやがるようなことぉ？　と裏返った声でいうと、けっこう長く考えこんだ。そして、こう答えた。

『この人は遠慮《えんりょ》がなさそうだなって、かんづいたのかもなあ。ほら、吉留はさ、ゴマちゃん先生がこう、わしっとやっても、いやがらない。でもさ、いやがる子はもう、逆毛立てた猫《ねこ》みたいにいやがることがあるんだなあ』

こう、といいながら、ゴマちゃん先生はじっさいにぼくの頭をわしづかみにしていた。

『きかれたくないことがある子や、むやみに距離《きょり》をつめられたくない子には、いやがられる傾向《けいこう》はあるかもしれない、とゴマちゃん先生も思ってはいるけど……いやはや。で？　浅窪はいやがってたの？　先生のこと』

まさか、とぼくはぶんぶんと頭をふった。いやがってなんかないです、と。だったら、どうしてそんなことをききにきたんだ、という話だけど。

さいわいなことにゴマちゃん先生は、そうかそうか、と流してくれた。ぼくなりの気遣《きづか》いの気持ちから、まさか、といっただけだと、あっさり気づかれてしまったのだろうか。もしも気づいていたとしても、きっとゴマちゃん先生なら、浅窪くんを助けたことを悔《く》やんだりはしないはずだ。

少しくらいは、さみしく思うかもしれないけれど。

浅窪くんが入院してから、五日目。

ぼくは、通いはじめてからたぶん、はじめて《兎屋》にいかない金曜日を過ごした。

浅窪くんは、一度だけ目を覚ましたらしい。

それはぼくがいないときのことで、浅窪くんのおばあさんは、少しだけ話ができたそうだ。放課後になってぼくが病院にいったときには、浅窪くんの意識はまた混濁《こんだく》してしまっていた。

浅窪くんが入院してから、六日目。

母親のスマートフォンに、浅窪くんのおばあさんから、転院の報告があった。

父親の知り合いがやっている大きな病院に、転院することになったのだそうだ。とてもぼくがひとりで、学校のあとにお見舞《みま》いにいけるような距離《きょり》にある病院ではなかった。

浅窪くんは、ときどき目を覚ましたり、長く眠《ねむ》ったり、をくり返しているらしい。浅窪くんが早くよくなるための転院なら、と納得《なっとく》するしかなかった。

浅窪くんが転院してから、十四日目。

母親のスマートフォンに、浅窪くんのおばあさんからメールで、退院のお知らせがあった。

同時に、アメリカの伯母《おば》さんのもとに帰ることになったことも、書きそえてあったらしい。母親へのそのメールを最後に、浅窪くんのおばあさんからの連絡《れんらく》がくることはなくなった。

浅窪くんからぼくへの連絡は、いまもまだきていない。

3

水面《すいめん》に生まれたばかりの波紋《はもん》が、ゆらゆらと揺《ゆ》れている。

そのすぐそばを、すーっと泳いでいくのは赤と黒のまだらの鯉《こい》だ。ぼくの投げたエサには見向きもしないで、ゆったりと深くもぐっていく。

夏の午後の透明《とうめい》な日差しに、軽く目を細めた。広々とした釣《つ》り堀《ぼり》の水面全体が、笑いさざめくように光《ひか》り輝《かがや》いている。

「ふられたねえ」

となりから巳波さんがからかってきたので、巳波さんの足もとのバケツをのぞきこんでから、いい返した。

「巳波さんだって、きょうはまだ一匹《ぴき》も釣《つ》れてないじゃないですか」

「そういう日もあるってことだよ」

通いはじめてから、はじめて《兎屋》にいかなかった金曜日の翌週、巳波さんと後藤さんには、学校で起きたことのおおよそは話してしまっていた。巳波さんたちには、きかれたら話そう、と決めていたからだ。

ミチオさんはいつものように、ぼくの会釈《えしゃく》に、にぎにぎ、を返しただけだったけど、後藤さんと巳波さんは、顔を合わせるようになってからはじめて《兎屋》にこなかった金曜日になにかあったのか、と遠慮《えんりょ》がちにきいてきたので、話した。ぼくのクラスで起きてしまったできごと、浅窪くんの容態のこと、ぼくがそれらのことをどう思って、どう受け止めているのかということ――。

「後藤さん、きょうは面接だって」

「えっ?」

「就職活動、再開したらしいよ」

後藤さんが、就職活動をしていたことも、休んでいたことも知らなかった。

「コンビニ店員さんなんだと思ってました」

「それは、世を忍《しの》ぶ仮のすがたってやつだね。後藤さん、もともとは精神科のお医者さんらしいから」

「おい……えっ?　お医者さん?　後藤さんがですか?」

「そういってたよ。ああ見えて、もう四十歳《さい》近いらしいし」

お医者さんの話も、予想をはるかに超《こ》えていた年齢《ねんれい》も、まったくの初耳だった。

「でね、これは後藤さんからの伝言、というか、『巳波さんの判断で、話したいと思ったら藍堂くんに話しておいてください』ってたのまれた話があるんだけど。どうする？　聞く？」

「それはもちろん、聞きますけど……」

巳波さんは、釣《つ》り竿《ざお》を軽く揺《ゆ》らしながら、ぼくの顔をちらっと横目で見やった。

「そう？　じゃあ、話そうかな」

まずはこれから話そうか、といって、巳波さんは、自分と後藤さんで少し会議のようなものを開いたのだと教えてくれた。

「藍堂くんの状況《じょうきょう》を、とりあえずぼくたちでしっかり把握《はあく》しようっていうことになってね」

いつのまに、そんな会議が……。

「ぼくも後藤さんも、気になってたのは浅窪くんの病気のことだった。後藤さんは、ほら、本職さんだからよけいにね」

「よけいにっていうのは、どういう意味ですか？」

「つまり、先天性可視化不全症候群《せんてんせいかしかふぜんしょうこうぐん》という病気が、身体的なものではなく、精神的なものである可能性があるんじゃないかっていう意味だね」

「精神的な……」

釣《つ》り竿《ざお》をにぎっていた手が、ゆらっ、と揺《ゆ》らいだ。糸が引いたのだ。

「おっと、きたね」

ぼくは釣り竿をゆらゆらと上下に揺らしながら、巳波さんにいった。

「つづけてください」

「ああ、うん」

巳波さんが後藤さんから説明されたのは、レンフィールド症候群という俗称《ぞくしょう》で呼ばれている疾患《しっかん》のことだった。

簡単にいえば、自分をヴァンパイアだと思いこむ状態のことらしい。科学的に認められたものではなく、あくまでも、血液に執着《しゅうちゃく》する傾向《けいこう》を持つ心理的な症状をそう呼ぶそうなのだけど、自らをヴァンパイアと思いこんで生活している人々は、一定数、存在しているそうだ。

「浅窪くんの先天性可視化不全症候群《せんてんせいかしかふぜんしょうこうぐん》も、自分は無色透明《とうめい》の体で生まれてきたって思いこんでるだけなんじゃないか……って、後藤さんはそう考えたっていうことですか？」

「可能性はある、というい方だったけれどね」

「でも、ぼくのクラスメイトたちが調べたら、英語の研究論文や個人ブログが見つかったって……」

「もちろん、後藤さんもオレも調べてみたよ。英語の研究論文と成人女性による個人ブログをひとつずつ見つけたのは、きみのクラスメイトたちの検索《けんさく》結果と同じだった。オレが引っかかったのは個人ブログのほうの文章なんだけど、成人女性のものにしてはややかたいかな、と。本職の後藤さんは、研究論文のほうでいくつか気になる点があったみたいで。論文の内容自体はよく書けてるけど、専門用語の使い方が一部まちがっていたり、署名されていた名前も、実在はしているんだけど、同姓《どうせい》同名の医師がたくさんいて、それはわたしじゃありません、と申し出てくる可能性が極《きわ》めて低い名前だったのがちょっと気になる、と」

ぼくの仕かけた罠《わな》に引っかかった鯉《こい》が、なんとかして逃《に》げ出《だ》そうと暴れ回っていた。ばちゃばちゃばちゃ、と水面《すいめん》が波立っている。

「でも、ぼくは見ました。浅窪くんの手を。包帯をずらして、見せてくれたんです」

そうだ、たしかにぼくは見た。

転入初日、生徒指導室で藤巻先生といっしょに。浅窪くんのほうから、具体的にどういう症状《しょうじょう》なのか知っておいてほしいからって。浅窪くんの左手は、たしかに透明《とうめい》だった。

「藍堂くん」

急に名前を呼ばれたので、釣《つ》り糸《いと》の先に向けていた視線を、巳波さんのほうにふり向けた。

「見てて」

いつからそうしていたのか、巳波さんは左手に包帯を巻いていた。それも、完全に指先までかくれるよう、ぐるぐると。まるで、浅窪くんのように。

巳波さんは、手の甲《こう》のあたりの包帯を、少しずらしてみせた。

「あっ」

思わず大きな声が出てしまった。

「それ……」

ずらした包帯の下に、巳波さんの手の甲はなかった。浅窪くんが包帯をずらしてみせてくれたときと同じように、包帯の下に見えたのは、包帯だけ。つまり、巳波さんの左手をぐるぐると覆《おお》っている包帯の内側を、ぼくは見たのだった。

「ね？」

巳波さんは、しわっぽい白のコットンシャツをラフにはおっていた。右手は、くしゃっとそでをまくっているのに、左手のそで口はそのままだ。

「透明《とうめい》に見えたこの手を、こうすると……」

そういいながら、巳波さんは左手のそで口の中から、包帯でぐるぐる巻きにされた人の手の形をしたものを引っぱり出した。

「種を明かすと、これ、透明のプラスティックでできた人の手の模型でね。海外の通販《つうはん》サイトでさがしてみたら、売っててさ。マネキンの手だけバージョンとして使うものなのかな。で、包帯をずらしてみせた部分だけ、カッターでくり抜《ぬ》いてみたの。そうすれば、ぱっと見は包帯が巻いてある透明の手になるってわけ」

ばしゃん、とひときわ大きなしぶきがあがった。釣《つ》り竿《ざお》にあった手応えがなくなっている。

「あー、逃《に》げられちゃったかあ」

巳波さんは、自分の獲物《えもの》を逃《のが》したかのように残念そうにいいながら、手にしていた手品の道具を足もとの黒いバックパックの中にしまった。

「もちろん、これはひとつの可能性でしかない。こういうことはできますよっていう。それと、さっきの話もね、疑わしい部分はあるけれど、だからといってニセモノの論文だと決定づけることはできないわけで。後藤さんの医師仲間のツテで、論文の出所を追跡《ついせき》することは可能らしいんだけど、とりあえず、そこまではしてない」

だって、といって、巳波さんはちょっと言葉を切った。

「……浅窪くんはもう、アメリカに帰っちゃったんだし」

どういう意味だろう、とぼくは考える。

浅窪くんはもうアメリカに帰ってしまったのだから、真相を知る必要はないよねっていうことだろうか。いや、巳波さんはそんなふうには考えない気がする。

だとしたら——、

「ぼく次第《しだい》っていうことですか？」

「うん？」

「浅窪くんのことは、ぼくが思いたいように思っておけばいいって、巳波さんたちは考えたんですね？」

「うーん、まあ、そういうことなのかな」

この先、クラスメイトたちが浅窪くんの本当のすがたを知りたがって騒動《そうどう》を起こすことは、もうない。だったら、浅窪くんがホンモノの透明《とうめい》人間だろうと、そうじゃなかろうと、どっちだっていい、ということになる。

ぼくにとっての浅窪くんは、これまでも、これからも、〈ただの浅窪くん〉なのだから。

「あ、きたかな。や、きてないか」

巳波さんは、とことん当たりのこないきょうの釣《つ》り竿《ざお》を、根気よく揺《ゆ》らしている。

その横顔を見ているうちに、ふと、あることに気がついてしまった。

「巳波さんって……」

「んー？」

「《フーアーユー？》の主人公にちょっと似てますよね。彼《かれ》がおとなになったら、巳波さんみたいになりそうだなって、いま、急に思いました」

巳波さんの顔が、くるっとこちらを向いた。ちょっと驚《おどろ》いたような表情をして、ぼくを見ている。

「……まさかきょう、気づくとはねえ。なんていうか、藍堂くんって……」

なにやらぶつぶつといっていたかと思うと、巳波さんは足もとの黒いバックパックから、すっかりおなじみになった白いポリエチレンの袋《ふくろ》を引っぱり出した。

「これ、今月の」

「えっ？　あ、はい。今月は、ずいぶん早く書きあがったんですね」

「うん。でね、それで最後」

「最後……って、完結したってことですか？」

「なんとかね」

まさかきょう、《サニーの黙示録　秘密の楽園》の最終章を受け取れるなんて、思ってもみなかった。

「ありがとうございます！　え、でも、また次がありますよね？」

「ううん。それで本当に最後」

「えっ……」

「サニーとパンダの物語は、それでちゃんと完結するように書いた」

そんな。

まだまだつづいていきそうだったのに？

ぼくが受け取ったこの白いポリエチレンの袋《ふくろ》の中に入っている分で、彼《かれ》らの物語が終わってしまう？

「ずーっと迷ってたんだけど、タキタナカエにもどろうかなって」

タキタナカエ？

なんだっけ、聞き覚えがあるような……。

「えっ、もしかして、滝田那賀衛《たきたなかえ》のことですか？　《うそ使い》の」

「その滝田那賀衛のことだよ」

「巳波さんが、滝田那賀衛？」

「うん」

驚《おどろ》いた、とひとことでいうには、受けている衝撃《しょうげき》が大きすぎる気がした。だって、《うそ使い》は去年、大ベストセラーになった本で、その年を代表するタイトルだったといってもおおげさではない一冊なのだから。

レシピ本以外の本はほとんど読まないうちの母親まで、わざわざ買ってきて読んだくらい大ヒットしたその作品の作者が、当時は現役《げんえき》大学生だった滝田那賀衛という人なのだけど、その滝田那賀衛が……巳波さん？

「オレの下の名前、知らなかったでしょ。那賀衛っていうの。巳波那賀衛。滝田はペンネームで、那賀衛は本名。逆じゃないんですかってよくいわれるんだけど、滝田はね、中学のころ愛読してた小説に、滝田サカエっていう登場人物がいてさ、そこから取ったの」

本当に、巳波さんがあの滝田那賀衛らしい。ということは、巳波さんはまだ二十代前半？ 髭《ひげ》？ 口とあごのまわりの無精髭《ぶしょうひげ》のせいなのか？ 後藤さんとは反対の向きに、見た目年齢《ねんれい》にそっぽを向いている。

「ノノもその小説読んでてさ、サカエとナカエって似てない？ タキタナカエよくない？ ってなって。中学時代につけたペンネームだからね。ノノといっしょに」

ノノ？

いま、ノノっていった？

「まさか、ノノってあの、野之《のの》・ト・ナカの……あーっ、ナカ！ 那賀衛のナカ？」

「そうそう、ノノとナカで、野之・ト・ナカ」

さすがに混乱してきた。

巳波さんは滝田那賀衛で、滝田那賀衛は野之・ト・ナカ？

「ごめんごめん、一気にいわれたら、はあ？　ってなるよね。順を追って説明するよ」

野之・ト・ナカは、ふたりで一組の作家名だったのだという。

斎藤野之子《さいとうののこ》と巳波那賀衛。

中高時代の同級生で、中学では文芸部、高校では軽音楽部の部活仲間でもあったそうだ。

ともに読書好きで、それぞれに小説を書いていたのだけど、いつしか斎藤野之子さんが原案、巳波さんが執筆《しっぴつ》、というスタイルで、児童小説を合作するようになる。中学三年生のとき、試《ため》しに投稿《とうこう》してみた新人賞で、《フーアーユー？》がいきなり佳作を受賞し、未成年だったふたりは覆面《ふくめん》作家としてデビュー。その後しばらく次作が出なかったのは、受験もあったし、担当編集さんが厳しい人だったことで、なかなか原稿《げんこう》にＯＫが出なかったのもあるそうだ。

大学入学後もコンビでの作家活動はつづき、ようやく出たのが《サニーの黙示録》だったらしい。それからしばらくして、斎藤野之子さんにはじめての恋人《こいびと》ができる。彼氏《かれし》の希望でコンビを解消したいといわれたのが、《サニーの黙示録》の続編の執筆に取りかかった矢先、いまから二年前の大学三年生のときのことだという。

「……なんじゃそりゃ、でしょ。ノノにとって野之・ト・ナカって、そんな軽いもんだったのかってびっくりした。もちろんオレは、コンビ解消なんかしたくなかったよ？　でもさ、自分以外の男と組んで作家なんかやってるのはどうかしてるって彼氏《かれし》がいってるから、なんて真顔でいわれたら、もうなんもいえないなって」

その結果、コンビは解消。続編も宙に浮《う》いてしまったのだけど、それを知った一般《いっぱん》文芸の部署の編集者が、ひとりで書いてみませんか、と声をかけてきたことで世に出たのが、《うそ使い》だった、というわけらしい。

そうして作家・滝田那賀衛は誕生した、のだけど——、

「次が書けなかったんだよねえ。《うそ使い》はうまくいったんだけど。書いても書いても、なんかどうでもいい話しか書けなくて、あー、やっぱオレって、ノノのアイディアがないとダメなやつだったのかなって、書けば書くほど自信がなくなってっちゃって」

ただ、《うそ使い》の担当編集者は、滝田那賀衛を信じてくれていた。あきらめることなくコンスタントに打ち合わせをし、いまも次作を待ってくれているのだという。

「藍堂くんのおかげでさ、やっと書けるかもって思えるようになった」

「ぼく……ですか？」

「だって、《サニーの黙示録》の続編、あんなによろこんで読んでくれるんだもん。続編の大半は、ほぼ、オレひとりで考えて書いたからさ」

だったら、《サニーの黙示録》の続編は、野之・ト・ナカ作ではない。巳波那賀衛作ではないか。

「ぼくが読んでたのは、ホンモノの《サニーの黙示録》の続編だったんですね……」

巳波さんは、うーん、そういうことにしちゃっていいのかなあ、とあいまいに答えただけだったけれど、まちがいなくそういうことだ、とぼくは思う。

「さっき藍堂くんがいってた、《フーアーユー?》の主人公がオレに似てる問題。あれね、正解。オレがモデルなの。ノノが考えたキャラクターだけど」

いまさらだけど、《フーアーユー?》の主人公の名前は、鈴川《すずかわ》ミナミだ。あのミナミのモデルは、巳波さんだったのだ。

「たぶん、まだちょっと野之・ト・ナカに未練があったんだと思う。だから、ひとりで書くことにも迷いが出ちゃって……でもさ、藍堂くんがあれだけおもしろがってくれるものをオレはひとりでも書けたんだから、これはもう、滝田那賀衛でいこう、と。ずっと保留にしてたんだけど、滝田那賀衛にもどることに決めたんだ。だから、《サニーの黙示録》

の続編も、これでおしまい。あれは、滝田那賀衛としては書けない物語だから」

そういうことなら、とぼくはうなずいた。

「……最終章、大事に読みます」

巳波さんが、ぼくのためだけに書いてくれた物語のおしまいを、しっかりと見届けよう。

「ごめんね、せっかく野之・ト・ナカのファンでいてくれたのに、変な話、聞かせちゃって」

「変な話じゃないです。巳波さんの話、ですから」

とつぜん、ばしゃっ、と水面《すいめん》が暴れた。

巳波さんの釣り糸《いと》に、当たりがきたのだ。

「おー、荒《あら》くれ者《もの》がきたっぽいぞ」

右に左にと、ぐいぐい釣り糸をひっぱり回す力強い鯉《こい》と、巳波さんとの勝負がはじまった。釣り糸が切れないよう細かく力加減を調整しながら、「そういえばね」と巳波さんがいう。

「後藤さんも、似たようなことといってたよ」

「似たようなこと?」

「勤務してたクリニックを退職した理由って、長く診《み》てきた思春期の女の子の治療《ちりょう》で、ちょっとつらいことがあったからなんだって。それで、すっかり自信も仕事への意欲もなくしちゃったみたいで」

お医者さんでもそんなふうになることがあるんだ、とちょっと驚《おどろ》いた。お医者さんはお医者さんであって、ふつうの人みたいに悩《なや》んだり落ちこんだりはしないものっていうイメージがあったから。

「でも、藍堂くんと少しずつ交流をつづけてきて、このあいだみたいなこともあって、あ、もどろうって急に思えたんだって」

思い返してみれば、ぼくがこの釣り堀《つぼり》で大号泣《だいごうきゅう》してしまったとき、後藤さんの態度はなんとなく、先生っぽかったような気もする。

「あっ、あ、あーっ」

巳波さんが、悲鳴じみた声をあげた。

釣り堀のほうに目を向ける。ピン、と張っていた釣り糸が、ひらりと風に舞《ま》っていた。エサだけ取られて、逃《に》げられたのだ。

「きょうは釣《つ》れない日みたいですね」

「おたがいにね」

ぼくと巳波さんは、顔を見合わせて笑った。

きょうは、特別な金曜日だ。

後藤さんの正体を知って、巳波さんの正体も知って、《サニーの黙示録》の続編の最終章も受け取った。

そして、なにより。

あしたから、夏休みだ。

※

手紙が届いた。

エアメールだ。

差出人は、Asakubo Sato。

浅窪くんだった。


【お元気ですか、吉留くん。

ぼくはこちらで元気にしています。とくに後遺症《こういしょう》もなく、成績がうそみたいに悪くなったり、性格が豹変《ひょうへん》したり、といったことも起きていません。いまのところは。

(頭を強く打った後遺症として、性格の豹変というのは、ままあることらしいです)

長く連絡《れんらく》ができなくて、本当にごめんなさい。きみや祖母の連絡先が入ったスマートフォンを伯母《おば》に取りあげられてしまって、だれにも連絡が取れない状態だったんです。

伯母《おば》にしてみれば、日本に帰したとたんに、ぼくがとんでもない状態になったものだから、怒《いか》り心頭《しんとう》だったようです。そうはいっても、ぼくがどうにかしてきみの連絡先《れんらくさき》を知ることはできたと思うから、長く連絡をしなかったのはぼくの意思だった、ということになるのでしょう。

伯母への遠慮《えんりょ》が、もちろん最大の理由ですが、最後まできみには迷惑《めいわく》をかけっぱなしだったので、気が引けてしまっていた、というのが本当のところだったのかもしれません。

面会謝絶だったにもかかわらず、吉留くんが毎日、お見舞《みま》いにきてくれていたこと、祖母から聞いて知っています。本当に、ありがとう。そして、ごめんなさい。あの日のことは、ぼくから説明するまでもないでしょう。だれも悪くないし、どんな意味もない、ただの事故でした。

ぼくの日本での生活は、本当にごく短いものになってしまいましたが、帰国したこと自体は、少しも悔《く》やんでいません。

きみと会えたからです。

後悔《こうかい》することがあるとしたら、きみともっといろんな話をしたかった、ということだけです。きみと、ちゃんと友だちになりたかった。それだけが残念に思っていることです。きみが夢中で読んだという《フーアーユー?》、読んでみました。とてもおもしろかったです。《サニーの黙示録》は、続編が出そうな終わり方だったのに、出ていないみたいですね。残念です。釣り堀《つぼり》にも、いってみたかったな。

結局、きみの住所は、経世中学の近藤先生あてに電話をかけて、手紙を書きたいので、といって教えてもらいました。担任だった藤巻先生ではなく、近藤先生あてに電話をした理由を、ぼくは最初、こんなふうに考えました。助けてもらったのだから、お礼をいわなければいけなかった。それなのに、いえないまま日本を発《た》ってしまった。だから、お礼も兼《か》ねて近藤先生に電話をするのがいいだろう、と。

近藤先生(きみたちにならった呼び方をするならば、ゴマちゃん先生ですね)と久しぶりに話してみて、気がつきました。そうじゃなかったんだって。ぼくはただ、ゴマちゃん先生に知っておいてもらいたかったんです。ぼくは吉留藍堂くんに連絡《れんらく》を取るつもりがあるんだということを。ゴマちゃん先生には、知っておいてもらう必要がある。無意識のうちにぼくはそう考えて、ゴマちゃん先生あてに電話をかけたんです。

窓から落ちてくる生徒のために、みずからの危険も顧《かえり》みることなく身を投げ出すことのできる教師が、少なくともひとりはこの世の中にいる、ということを、ぼくはあのできごとではじめて知りました。

そうとは知らなかったころのぼくは、ゴマちゃん先生のことも、よくいるなれなれしい教師だとばかり思っていたので、むやみに距離《きょり》が近づかないような態度で接してしまいました。そんなぼくなのに、ゴマちゃん先生は身を挺《てい》して救ってくれたのです。

『ステルスくんは、なにしに日本にきたんだろうな』

『ケガしにきたようなもんだよな』

『なにひとついいこともなくて、本当にかわいそうなやつ』

ほかのだれにそう思われてもいい。でも、ゴマちゃん先生はダメです。ゴマちゃん先生にだけは、そうかそうか、浅窪くんはうちの学校に転入してよかったんだな、と思ってもらいたい。そのためには、ぼくがきみと友だちになりたがっているのだということを知ってもらう必要がありました。だから、お礼にかこつけて、きみの住所をゴマちゃん先生にきいたんです。

きっと、その意味をあの人ならわかってくれているだろうと思います。そして、ぼくのこの行動は、『あなたを誤解していました、ごめんなさい』というメッセージにもなるはずだと信じています。

きみの学校には、すごい先生がいました。得がたい体験ができた、と思っています。いまのぼくは、おとなというものを信じたがっているような気すらしています。我ながらびっくりです。

長い手紙になってしまいました。

最後にお願いがあります。自分から手紙を出しておいてこんなことをお願いするのは本当に気が引けることなのですが、返信はしないでもらえればと思います。この手紙も、伯《お》母《ば》にはないしょで出しています。

心配性《しんぱいしょう》な伯母も、さすがにぼくが高校生になるころには、日本でのことも忘れてくれるんじゃないかと期待しているのですが……。

ぼくはこのまま、こちらで生活していくことになると思います。誤解させているかもしれませんが、ぼくは決して、逃《に》げ出《だ》したくて帰国したわけではないんです。たとえるなら、そう。サニーが飛行機の中で聞いたアナウンスです。

『お客さまの中に、到着先《とうちゃくさき》のご変更《へんこう》をお望みの方はいらっしゃいませんでしょうか』

ぼくにもあのアナウンスが聞こえて、そんなチャンスがあるのなら、手をあげてみるのもいいかなって思った。そうして出た旅で、ぼくはきみに出会ったんです。サニーがパンダに出会ったように。

もしもいつか、きみがニューヨークにくることがあったら、と夢見ています。

そのときは今度こそ、と。

最後まで読んでくれてありがとう。

どうぞ、お元気で】

生まれてはじめてもらったエアメールを、ぼくは何度も読み返している。

そして、読み返すたびに、目を閉じて想像してみるのだった。

ニューヨークの雑踏《ざっとう》の中を、包帯で顔をぐるぐる巻きにしていない浅窪くんが歩いている。無色透明《とうめい》の浅窪くんがすぐそこにいることに、だれも気づかない。浅窪くんはただ、歩いていく。

その足取りは、とても軽《かろ》やかだ。きっとちょっと気分転換《てんかん》がしたくなって、無色透明のまま散歩をしているんだろう。包帯で顔をぐるぐる巻きにしていると、いやでも注目を浴びつづけてしまうからね。

ちがう想像もしてみる。

ぼくは、待ち合わせの場所に立っている。そろそろ浅窪くんがくるころだ。開いたメールには、こう書いてある。包帯をほどいていくよ、と。この想像の中の浅窪くんは、先天性の難病を抱《かか》えてはいない。少しだけ心が疲《つか》れてしまっていた男の子だ。いまはその病気も克服《こくふく》して、包帯はもう巻いていない。はじめての海外旅行に加えて、久しぶりに浅窪くんに会うぼくは、自分と似た背格好の男の子が近づいてくるたびに、どきどきしている。この子かな？　ちがうかな？　と。

ぼくは結局、浅窪くんの写真を見せてもらっていない。包帯をほどいてしまったら、浅窪くんだとはわからないってことだ。

ひまさえあれば、生まれてはじめて受け取ったエアメールをぼくは読み返し、浅窪くんのアメリカでの日常生活や、ありとあらゆるパターンでの再会の場面を想像しまくった。

――いなくても、いる。

浅窪くんは、ぼくにとってそんな存在になっていた。どんなときでもぼくの中にサニーやパンダがいつづけているのと同じように、浅窪くんもまた、ずっといっしょにいつづけてくれる存在になったのだ。浅窪くんにとってのぼくも、そうなったと信じたい。

そんな日々が、一年ほどつづいた。

その間《かん》、いきなりぼくの生活態度や友人たちとのつきあい方が変わってしまうというようなことはなく、あいかわらずぼくはナチュラルボーン優等生のままだし、森近曜平くんも自由と平和を愛する男子中学生のままだし、イジりの雲野くんの通り名も轟《とどろ》いたままだ。せーの、とみんなで息を合わせるようにして取りもどした通常モードはいまもつづいていて、ごくたまに、〈ステルスくん〉の話題が出ることもある。だれも、浅窪くんという名前は口にしない。ただ、むかし見ていたアニメの登場人物をなつかしむようなニュアンスで、そういえば〈ステルスくん〉っていたよね、みたいな感じで、雑談の中をちょっと横切っていくだけだ。それはそれで、〈ステルスくん〉という登場人物のいる物語が、長く読《よ》み継《つ》がれているようで悪くはないような気もする。

ぼくの両親も、まるで変わっていない。母親はいまでも、すっぴんのときには中学生の男の子にまちがわれているし、父親のおなかもぽっこりと丸いままだ。

変わったこともある。《兎屋》の常連だったミチオさんが、ある日をさかいにぱったり顔を見せなくなってしまったのだ。かなりみんなで心配していたのだけれど、管理人のおじさんが知り合いの知り合いをたどって聞き出した話によると、生家のある岡山に引《ひ》っ越《こ》したらしかった。

お別れのあいさつもなかったところが、最後の最後までミチオさんらしいなあ、とぼくは思ったのだけれど、管理人のおじさんはちょっと怒《おこ》っていたようだ。さみしかったのかもしれない。ぼくはもう、いなくてもいる、という形での人とのつきあい方を覚えてしまったので、さみしくはなかった。

いなくてもいる、のひとりになってしまった人はもうひとりいる。後藤さんだ。再就職したのが、長野にある病院だったのだ。

それでも、三か月に一度くらいの割合でこちらにもどってきて、《兎屋》にも顔を出してくれているので、完全にいなくなってしまったというわけではなかった。たまにメールのやり取りもしているし。

巳波さんはというと、《うそ使い》につづく第二作を滝田那賀衛として発表したのだけれど、一作目ほどにはヒットしなかったことを、少しのあいだ、くよくよしていた。その後すぐに出た三作目で、SF作品ではないのになぜか海外のちょっとマニアックなSFの賞にノミネートされてすっかり元気になったので、ほっとしている。ちなみにぼくも、三作目のほうが好きだ。

そうして中学生活最後の夏休みを迎《むか》えたぼくはいま、とある場所にいる。

「あっ、エクスキューズミー！」

目の前を通りすぎようとしていた金髪《きんぱつ》の女の人に、思いきって声をかけてみた。ちらっとだけ投げられた、短い視線。足は止めてもらえなかった。鋼《はがね》の心臓の持ち主でもなんでもないぼくは、しゅるる、とひと回り自分が小さくなったような気分になる。整《せい》形外科《けいげか》の佐々木先生の予言どおり、一年前より十一センチも伸《の》びた分の背がなかったら、もっと小さくなった気がして、小学生のころにもどってしまったような心細さに襲《おそ》われていたかもしれない。

これがアメリカか……と、ごくりとのどを鳴らしそうになったところで、いやいやいや、と思い直した。まだひとり目じゃないか。これでこの国の人たちは親切じゃない、と決めつけるにはまだ早いぞ、と自分で自分を奮い立たせる。そもそも、ホストファミリーのウォールバーグ家の人たちはめちゃくちゃフレンドリーでやさしい人たちだし。

よし、と顔をあげる。

目の前に広がっているのは、手にしているガイドブックの写真とまったく同じ、マンハッタンの光景だ。巨大《きょだい》すぎる広告看板に、まるきり映画のセットのような老舗《しにせ》劇場のエントランス、圧巻の高層ビル群。いき交《か》う人たちの中には、日本人らしき人もいなくはないけれど、大半はぼくにとっての〈外国人〉ばかりだ。人種のるつぼ、という表現がおおげさでもなんでもないくらい、ありとあらゆるタイプの人たちが、それぞれの速度で移動している。

——というわけで、ぼくはいまニューヨークにいる。四日前に渡米《とべい》して、ご主人が現役《げんえき》の大学教授、夫人が元高校教師のウォールバーグ家に一週間の予定でホームステイ中だ。

お願いされたとおり、ぼくは浅窪くんからのエアメールに返事を書かなかった。代わりに、英会話の勉強をはじめた。これまで一度も使わずに貯《た》めてきたお年玉や、おこづかいの中からこつこつと増やしてきた百円玉貯金の総額を確認《かくにん》して、ニューヨーク近《きん》郊《こう》での短期のホームステイにかかる費用に足りない分を算出したあとは、毎週末のフィアットの洗車と父親の靴磨《くつみが》きのアルバイトで、毎月のおこづかいを二千円アップしてもらうよう交渉《こうしょう》。一年がかりで、足りなかった分の費用も確保した。

思いがけず難航したのが、母親の説得だ。てっきり、「かっこいいじゃなーい、中学生でホームステイなんて！」とあっさり認めてくれるかと思っていたのに、『アメリカっていう国はね、銃《じゅう》社会なんだよ？』とか、『藍堂なんか向こうの人から見たら完全に小学生だし！』なんていい出してしまって、なかなか首をたてにふってはくれなかったのだ。

助け船を出してくれたのは、意外にも父親だった。

『かっこいいじゃーん、中学生でホームステイなんて！　オレも中学生のとき、やってみたかったなあ』

いつもなら母親のほうがいいそうなことを父親がいってくれたおかげで、一気に形勢が逆転。夏休みに入るとすぐに、日本を出発することになった。はじめての海外、はじめてのひとり旅だ。

出発前、曜平くんにはホームステイのことを伝えたのだけど、まっ先に心配されたのは、ぼくがまだスマートフォンに乗りかえていないことで大変な目に遭《あ》うんじゃないか、ということと、あとは、『ステルスくんの保護者にぶっ飛ばされない？』だった。

どちらもいってみないことにはどうなるかわからないことだったので、『とりあえずいってみる』とだけ答えておいた。

プアーン、と甲高《かんだか》いクラクションの音に、チャンネルが切りかわったように現実の眺《なが》めが視界にもどってくる。

それにしても、こまった。どちらに向かって歩けばいいのか、さっぱりわからない。

ウォールバーグ家で決められている自由時間は、午後三時から六時までだ。それ以外の時間は、ウォールバーグ夫人による英会話レッスンをみっちり受けたり、料理を習ったり、図書館や博物館につれていってもらったりしている。

これまでは自由時間もウォールバーグ夫人といっしょにいたのだけれど、四日目にしてやっともろもろの覚悟《かくご》ができたので、外出の許可をもらった。ウォールバーグ家からマンハッタンまでは、バスで二十分ほど。ここからは地下鉄で移動しなければならない。その地下鉄の乗り口がどこにあるのかがわからなくて、もう十分以上、同じ場所をうろうろしている。

曜平くんのアドバイスどおり、この機会にスマートフォンに乗りかえておくべきだっただろうか、とうなだれていると、

「ハーイ」

陽気な声が、頭のすぐうしろから聞こえてきた。くるっと顔だけうしろに向ける。

ぼくとほとんど同じ背の高さの女の子が、まっ白な歯を見せて笑っていた。つややかな

チョコレート色の肌《はだ》とのコントラストがあざやかだ。

「キャナイヘルプユー?」

にこやかに、女の子が話しかけてくる。おお、ちゃんと聞き取れるぞ、と軽く感動しながら、「プリーズ、テルミー」と答えた。

とろけるような発音で、「オーケー」といってくれたので、ガイドブックをさかさまにしてさし出しながら、向かい合う。

「アイワントゥゴートゥディスプレイス」

地下鉄の乗り口を指さしながら、ここにいきたいんです、と伝える。あーいえー、みたいなかっこいい相づちを打ちながら、女の子は顔をななめ横に向けた。ちょっとわかりにくいんだけど、といいそえてから、進むべき方角を教えてくれる。

「サンキュー、アイウィルゴー」

とりあえずいってみます、と告げて歩き出そうとしたぼくに、女の子がいった。

「ドウイタシマシテー」

日本語だ。

改めて、ぼくも日本語でお礼をいった。

「ありがとう。助かりました！」

ありがとう、はわかったかもしれないけれど、助かりました、はわからなかったかな、と思いながら、ぺこりと一礼して、進むべき方向に向き直った。

さて。

お目当ての地下鉄に乗れたのはいいけれど、さっきから向かいの座席に座《すわ》ってにやにやしながらぼくを見ているふたり組がとっても気になっている。ああいう服装をなんていうんだろう。ラッパー風？

ひざの上にのせたバックパックを、ぎゅっと抱《かか》え直《なお》す。ふたり組は、いつしか顔を寄せ合っていた。なにかを打ち合わせしているようにも見える。もちろん、ぼくは警戒《けいかい》しているし、こわい、と思う気持ちだってちゃんとある。だけど、少しだけかわいそうにも思うのだ。たまたま目の前に座った、貧弱《ひんじゃく》そうな外国人を見てにやにやしている彼《かれ》らのことを。

パンダはサニーによくいっている。

想像してごらんって。

『いま目の前にある眺《なが》めだけが、きみの見るべきもののすべてではないのだから』

彼《かれ》らはいま、目の前にいるぼくのことしか見ていない。からかいがいのありそうなやつ――もしくは、いいカモになりそうなやつ？　――がいるぞってことしか、いまは頭にない。それって、とても不自由なことだとぼくは思う。

目的の駅で、列車が止まった。バックパックを背負いながら、ホームにおり立つ。ラッパー風のふたり組は、おりてこなかった。目的地がちがったらしい。

そこからはまた、ガイドブックと首っ引きになった。ガイドブックから顔をあげたりもどしたりを、何度くり返したことか。目当ての通りの名前が記された看板を見つけたときには、魂《たましい》がぬけ出ていくような安堵《あんど》のため息をついた。

歩きながら、街を眺《なが》める。見たことのない建物、見たことのない街灯、見たことのない曲がり角。ぼくがいま、自分のこの目で見ているものとは思えないほど、非現実的な眺めだ。ぼくの、未知なる世界への憧《あこが》れは相当なものだと思う。《フーアーユー？》に影響《えいきょう》されて、《兎屋》に通いはじめたほどだし。そのくせ、そんなのはかなうはずもない、途方《とほう》もない願いごとのようにも思っていたのだけれど――。

いたるところで鳴らされているクラクションの音を聞きながら歩道を進んでいくうちに、赤っぽいレンガの壁《かべ》にストリートアートが施《ほどこ》された建物が目に飛びこんできた。

おー、ニューヨークって感じだ。

うそみたいに空が青い。英語で夏空ってなんていうんだろう。単純にサマースカイ? あとで調べてみよう。車道を隔《へだ》てた先に、緑がもっさりと茂《しげ》った一帯が見えている。その向こうにのぞいている建物群のどこかに、浅窪くんが伯母《おば》さんと暮らしているアパートメントがあるはずだった。

ぼくがたずねていくことを、浅窪くんは知らない。

知らせることができなかった、といったほうが正しいかもしれない。浅窪くんをたずねるのが目的の渡米《とべい》となると、どうしたって彼《かれ》の伯母さんに連絡《れんらく》を取らなければならなくなる。未成年者のみの渡米には厳しい制限が設けられていて、滞在先《たいざいさき》をホテルにすることは、ほぼ不可能だったからだ。手紙の返事ですら気兼《きが》ねしていた浅窪くんのことを考えると、彼の住まいを滞在先にするのは、賢《かしこ》いやり方とは思えなかった。

そこで思いついたのが、ホームステイだ。ホームステイ中のついで、という形を取って勝手にたずねていけば、浅窪くんを巻きこまずにすむ。

玄関先《げんかんさき》で追い返されたなら、それはそれでいいし、迎《むか》え入《い》れてもらえたなら、ぼくは経世中学の生徒代表として、心をつくして彼の伯母さんに謝罪をする。

そういう覚悟《かくご》をしたうえで、ぼくはいま、浅窪くんからのエアメールに記されていた住所をたよりに足を進めているのだった。

何度となく想像してきた、浅窪くんとの再会の場面。いちばんよく想像したのは、あらかじめ連絡《れんらく》を取り合ってから、ニューヨークの街角で待ち合わせをするパターンだ。じっさいには、事前の連絡なしにいきなり自宅をたずねていくパターンになった。このパターンでは、インターフォンを押《お》すぼくの少し震《ふる》えた指から、想像はスタートする。

「ハロウ？」

インターフォン越しに聞こえてきた、聞き覚えのある「どちらさま？」の声に、ぼくは全身の毛を逆立てたハリネズミのようになりながら、「日本からきた、吉留藍堂です」と答える。少しだけ息をのんだようすが、インターフォンを通して伝わってくる――。

中学三年生のぼくが、目いっぱい背伸《せの》びをして決行した、はじめての渡米《とべい》とはじめてのひとり旅。

おみやげは、空港で買った黒ごまあんのたまご型お菓子《かし》と《サニーの黙示録》の続編だ。包装紙に包まれたお菓子の箱と、四隅《よすみ》がめくれあがってしまうくらい読みこんだコピー用紙の束を重ねて、着がえの上着に包みこんで荷物の中に入れてきた。

とつぜんのぼくの訪問を、浅窪くんはよろこんでくれるだろうか。それとも、ただただ驚《おどろ》くだけ？　不在ってこともあるな。伯母《おば》さんしかいなくて、あっさり追い返されてしまうオチだって、もちろん、ありえる。

ほんの数分後の未来も、ぼくには知るすべがない。小説なら、無精《ぶしょう》して数ページ先を読んでしまえば簡単に知ることができるけれど、そんなことはできないのが牛身の人生だ。それでいい。釣《つ》り堀《ぼり》からはじまらない冒険《ぼうけん》だって、充分《じゅうぶん》に刺激的《しげきてき》だってことだ。

もうじきぼくは、彼《かれ》のアパートメントのエントランスの前に立つ。できれば伯母さんのそれではなく、浅窪くんの声での「ハロウ？」が聞きたい。

震《ふる》える指でインターフォンを押《お》したなら、あとは待つだけだ。

好ましさしか感じていなかった、浅窪くんのあのなつかしい声が聞こえてくるのを。

石川宏千花　いしかわひろちか

『ユリエルとグレン』で、第48回講談社児童文学新人賞佳作、日本児童文学者協会新人賞受賞。主な作品に『お面屋たまよし①〜⑤』『死神うどんカフェ1号店①〜⑥』（以上、講談社）『墓守りのレオ』『見た目レンタルショップ　化けの皮』（以上、小学館）『拝啓パンクスノットデッドさま』（くもん出版）などがある。『少年Nの長い長い旅』（YA! ENTERTAINMENT）と対をなす物語『少年Nのいない世界』（タイガ）（共に講談社）を同時展開して話題となった。

メイド イン 十四歳《じゅうよんさい》
石川宏千花《いしかわひろちか》

2020年11月17日　第1刷発行
2021年 9 月 1 日　第2刷発行

N.D.C.913 216p 19cm ISBN978-4-06-521443-5

発行者　鈴木章一
発行所　株式会社講談社
〒112-8001
東京都文京区音羽2-12-21
電話　編集 03-5395-3535
販売 03-5395-3625
業務 03-5395-3615
印刷所　株式会社新藤慶昌堂
製本所　株式会社若林製本工場
本文データ制作　講談社デジタル製作

KODANSHA

この作品は書き下ろしです。

お面屋たまよし

お面屋たまよし

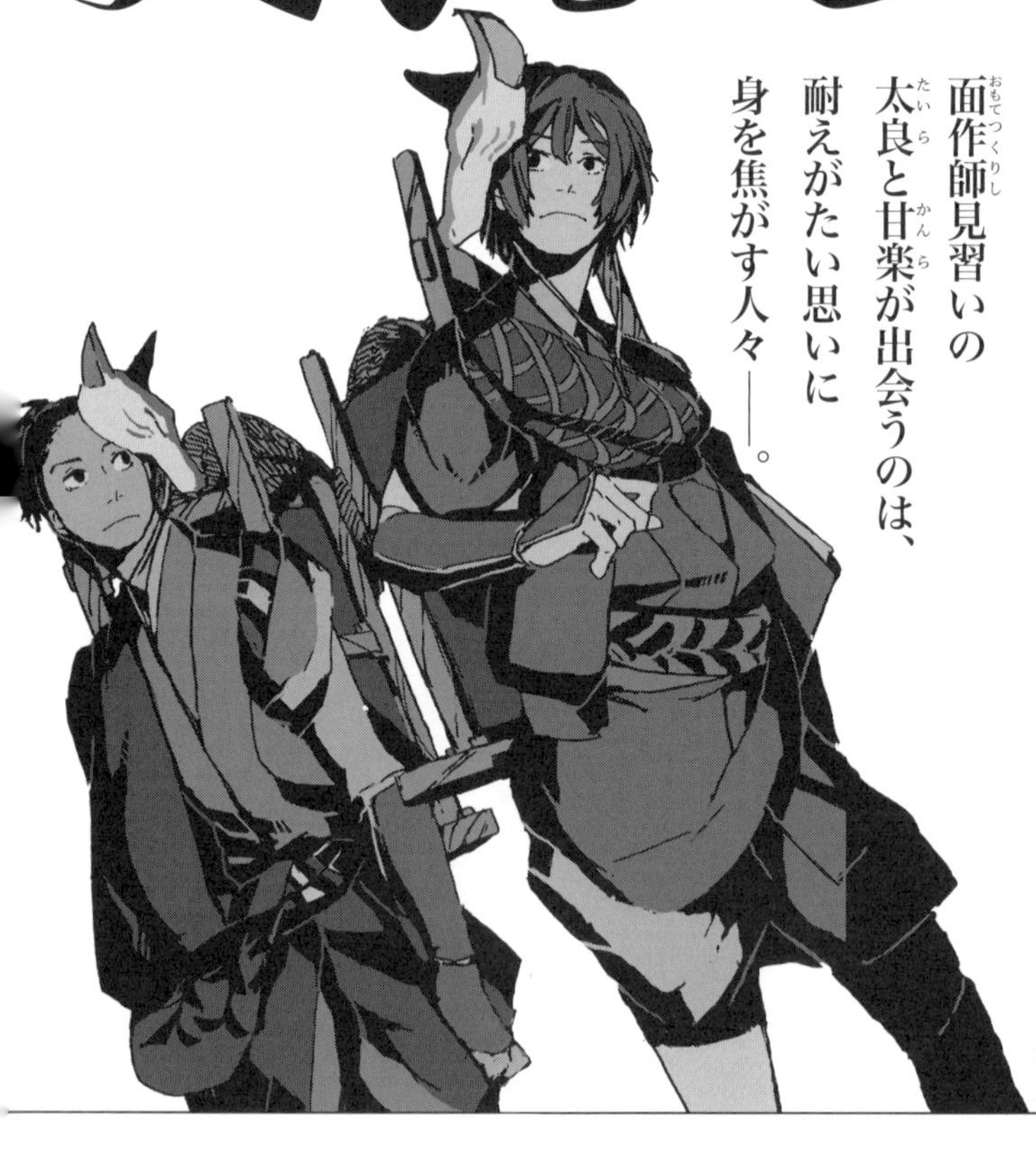

面作師《おもてつくりし》見習いの
太良《たいら》と甘楽《かんら》が出会うのは、
耐えがたい思いに
身を焦がす人々――。

石川宏千花／作　平沢下戸／画

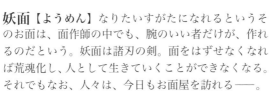

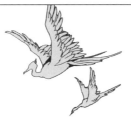

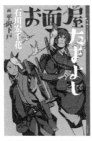

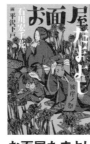

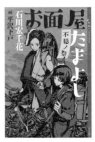

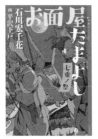

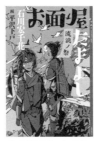

死神うどんカフェ1号店

石川宏千花／作　庭／画

命を落としかけ、心を閉ざした高１の希子《きこ》の前に、突如あらわれた《死神うどんカフェ１号店》。そこには、世慣れない店長と店員たち、そして三田亜吉良《みたあきら》——自分を助けるために川に飛びこみ、意識不明の重体のまま眠りつづける元クラスメイト——の姿があった。

一杯目

二杯目

三杯目

四杯目

五杯目

六杯目

別腹編《べつばらへん》☆《ほしひとつ》

死にかけた少女・希子と
《死神うどんカフェ１号店》の
店員たちの青春グラフィティ！

少年Nの長い長い旅

猫を13匹殺して、その首を村田ビルディングの屋上から投げ落としたあと、自らもダイブすれば、異世界にいくことができる。都市伝説が五島野依《ごしまのえ》の耳に届いたころ、本当に猫殺しの事件が起きる。犯人さがしをする野依の前に現れたのは、思いがけない人物だった。

生き延びろ！
もとの世界にもどるために。
ダブルで楽しめる
新感覚ファンタジー！

01

02

03

04

05

石川宏千花／作　岩本ゼロゴ／画

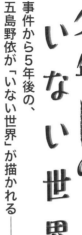

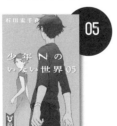

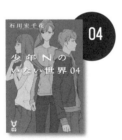

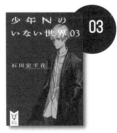

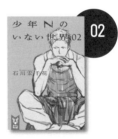